GW01237744

Susie Morgenstern

Comment tomber amoureux… sans tomber

l'école des loisirs
11, rue de Sèvres, Paris 6e

Cet ouvrage a bénéficié du programme « missions Stendhal »
de l'Institut français. Merci !

Du même auteur à *l'école des loisirs*

Collection MÉDIUM

Terminale ! Tout le monde descend
La première fois que j'ai eu seize ans
L'Amerloque
Margot Mégalo
Barbamour
Trois jours sans
Les treize tares de Théodore
L'orpheline dans un arbre
Tout amour est extraterrestre

Loi n° 49.956 du 16 juillet 1949 sur les publications
destinées à la jeunesse : mars 2014
Dépôt légal : mars 2014

ISBN 978-2-211-21539-8

Pour Lili, Philippe, Yona et Noam,
mes muses de toujours.

Annabelle, lycéenne française/ A French high school girl

C'est une journée chaude, trop chaude, aussi bleue dans le ciel que dans l'âme. Oui, c'est un jeudi idéal pour une sieste sur la plage au bord de la mer ou un pique-nique à la montagne, mais Paris n'offre ni mer ni montagne. À Paris, on peut seulement s'armer d'un ticket de métro, d'un sac à dos rempli de cahiers et d'un casse-croûte (on ne sait jamais...).

Annabelle voit les autres jeunes s'agiter comme des fourmis, la mine défaite comme elle. Ils savent que l'été est définitivement fini et qu'une longue année grise et pénible commence, une année qui s'appelle TERMINALE... comme une maladie.

Pour prolonger un peu l'été, Annabelle a mis un short tellement court qu'elle ne pourrait jamais le porter en Arabie saoudite ou en Afghanistan. C'est une chance d'avoir la liberté d'exhiber ses jambes infinies et de pouvoir montrer son décolleté. Ses cheveux, chaleur oblige, sont retenus en queue-de-cheval. On dirait une danseuse. D'ailleurs, elle est une danseuse.

Elle s'offre le luxe de perdre son temps dans le bus plutôt que d'emprunter les tunnels sombres du métro. Le trajet se déroule en pilotage automatique. Voilà l'entrée impressionnante de l'institution qu'elle fréquente depuis deux ans. Curieusement, elle a beaucoup d'affection pour ce lieu. Quelques douzaines de bises sur des joues diverses : Karen, Julie, Fanny, Raphaël, Elliot, une journée comme les autres, deux mois de séparation envolés. Ce n'est pas vraiment une journée comme les autres, car à partir d'aujourd'hui, Annabelle en est consciente, c'est son avenir qui se joue. Cela la frappe, comme un coup de massue, dès que la prof prononce la première syllabe : « Bon ! » Ce « bon » s'avère de bon augure. Étrangement, Annabelle ne s'est pas assise au premier rang avec sa bande, selon ses habitudes de bonne élève. Elle a préféré se mettre au fond pour observer le comportement des autres. Elle imagine que leurs pensées sont semblables aux siennes, emplies des mêmes doutes et des mêmes inquiétudes concernant l'année à venir.

Un nouveau/A new student

Annabelle vient enfin de prendre conscience que le siège à côté d'elle est occupé lorsqu'un garçon lui lance « Hi ! » comme un cow-boy. Elle se tourne vers lui et répète le même mot : « Hi ! » Ils échangent un sourire de connivence. Annabelle ressent une onde de bien-être. Elle ne le connaît pas, il doit être nouveau. Elle décide de lui offrir un petit morceau d'elle-même :

– Annabelle.

– Samuel.

Ils ne peuvent pas faire connaissance davantage car la prof reprend son discours. Annabelle remarque que le visage de son voisin est d'un blanc parfait.

– Che dice ? chuchote-t-il à l'oreille d'Annabelle.

– Tu es italien ?

– Maybe, a little…

– Et le français ?

– Niente !

– Aïe !

– Oui !

Elle le regarde. Il n'est pas beau, pas laid non plus, plutôt pas mal. Elle le regarde avec plus d'insistance encore. On pourrait même dire qu'il est beau, finalement. Il est grand et porte les cheveux courts couleur de foin, une coupe militaire. Il a l'air normal même s'il ne comprend rien. Annabelle avait choisi italien deuxième langue, mais elle est incapable de faire la traduction simultanée avec son niveau.

– English ?

– American.

Elle n'était pas loin avec son diagnostic du cowboy. Elle lui traduit tout en anglais. Elle adore cette langue qu'elle a perfectionnée en répétant chaque phrase des séries américaines. Tant pis pour les flèches décochées par les yeux de la prof dans sa direction.

– Today is our future ! lui dit Annabelle, tout en sachant que la communication va être difficile. Mais Samuel a un air d'enfant perdu et elle a envie de le materner. Elle est bien à ses côtés, tout est simple, sans angoisse, tout est confortable comme un vieux fauteuil en cuir, una poltrona.

Ils échangent un nouveau sourire amical. L'année commence bien. L'avenir est radieux.

Un ami peut-être ? / A friend perhaps?

Questions :

A) Comment un type qui comprend autant le français qu'un nouveau-né en Australie peut-il prétendre se trouver en terminale S d'un lycée public comme elle, une native de Paris ? Elle a vu en cours de maths qu'il saisissait tout, mais en histoire ? En philo ?

B) Qu'éprouve-t-il ainsi perdu au milieu de ce brouillard linguistique ?

C) Que fait-il ici ?

D) Que fait-elle ici ? La réponse est simple pour elle : elle suit son cours, sans heurts, sans choix.

– What are you doing here ? There are bilingual schools in Paris. Why did you land here ? (Qu'est-ce que tu fais ici ? Il y a des écoles bilingues à Paris. Comment as-tu atterri ici ?)

– My father wanted me to dive in. Total immersion. He wants me to drown in French. (Mon père voulait que je me plonge dans le bain, que je me noie dans le français.)

– So I should speak to you in French. (Je devrais te parler en français alors.)

– Pitié ! Have a heart !

– How are you going to manage ? (Comment tu vas faire ?)

– I'm going to hang onto you. I'll be your shadow. (Je vais m'accrocher à toi. Je serai ton ombre.) Annabelle ne connaît pas ce mot d'anglais. Elle cherche une explication des yeux.

– Whither thou goest I shall go.

– Où que j'aille, tu me suis ? Why did you choose this high school ? (Et pourquoi ce lycée ?)

– Because of the special half-day schedule. (Horaires aménagés.)

– And why Paris ? (Et pourquoi Paris ?)

– My father's job. (Le travail de mon père.)

– Which is ? (Qui est ?)

Samuel hausse les épaules comme s'il ne connaissait pas la réponse.

Et il suit Annabelle, comme promis, de classe en classe. Elle s'habitue à sa présence. Comme un doudou usé dont on ne peut pas se passer.

Il faut qu'elle réfléchisse longuement pour formuler ses phrases, ses questions, ses traductions loin d'être simultanées. Une langue, quand elle coule, quel confort, et quand elle coince… ça coince ! Déjà, à la fin de ce premier jour passé en compagnie de Samuel, la corvée est plus légère. Ça vient.

– See you tomorrow ! dit-il en essayant de ne pas baisser les yeux vers la poitrine généreuse d'Annabelle.

– À demain ! dit-elle en articulant distinctement.

– Oui, répète-t-il, à demain.

À la maison/Home

Leur appartement est spacieux depuis que la vieille dame du cinquième a eu la bonté de mourir et ses enfants de leur vendre l'appartement en ruine. Maintenant ils habitent une belle demeure parisienne, sans vue, prise en sandwich entre les immeubles, mais miraculeusement calme et silencieuse. La chambre d'Annabelle est exactement comme elle la désirait, avec sa douce pagaille.

Et quelle chance aujourd'hui ! Il n'y a personne à la maison. Annabelle n'aura pas à répondre aux questions habituelles : « Comment s'est passée ta journée ? Comment trouves-tu tes profs ? Et ton emploi du temps ? Et les copains ? Qu'est-ce que tu as mangé ? As-tu déjà fait tes devoirs ? » Comme ça, la journée au lycée peut s'effacer en douceur. Annabelle range son bureau, prépare son sac pour le lendemain, vérifie l'emploi du temps. Il n'est pas simplement question pour elle de faire son travail et de rester à niveau, il faut qu'elle soit la meilleure. Et si l'autre, cette pauvre loque d'Amerloque de Samuel, la ralentit, la fait mal voir, elle aura du mal à entrer dans sa prépa de premier choix. Elle pourrait peut-être le confier à Karen ou à Julie ou à Elliot ?

Premier jour d'école/First day of school

Samuel n'était pas contre ce déménagement à Paris. Il avait refusé la proposition de son père de l'envoyer dans un pensionnat strict du Massachusetts avant d'entrer à l'université. Il voulait rester en famille. Mais il était contre l'idée paternelle de choisir un lycée public. Il n'est jamais allé à l'école publique. Et il ne comprend pas un traître mot de français, si ce n'est bonjour, oui, non.

Il est parti ce matin la mort dans l'âme, et voilà que cette fille aux seins généreux, cette Annabelle, a tout rendu possible à ses yeux. C'est un genre de miracle. Elle s'est assise à côté de lui comme si Dieu lui-même la lui avait envoyée, et il a su immédiatement qu'il était sauvé.

Il a doublé son vocabulaire français aujourd'hui. S'il continue à le doubler tous les jours, en combien de temps parlera-t-il le français ?

Le coup de fil/The telephone call

Annabelle cherche le téléphone qui sonne. C'est une quête permanente, à devenir fou, car personne ne replace jamais l'appareil sur son socle. Il n'est pas dans la chambre d'Anatole, son frère, ni dans la cuisine. Elle en vole un sur le bureau de sa mère, et avant qu'elle ait eu le temps de dire « Allô », une voix demande :

– Mademoiselle Kvell ?

– Oui, c'est moi.

– C'est de la part de Son Excellence Monsieur Shelbert.

– Son Excellence ? Shelbert ?

– Le père de Samuel.

– Ah.

– Il vous convoque à déjeuner ce dimanche.

– Convoque ?

– Oui, il vous invite.

– Le père ou le fils ?

– Le père.

– Et c'est où ?

– L'ambassade des États-Unis, rue du Faubourg-Saint-Honoré. On enverra une voiture vous chercher.

– Il faut que je demande à mes parents…

– C'est fait. Ils sont également invités par Son Excellence Monsieur l'ambassadeur des États-Unis.

– C'est qui ?

– Monsieur Shelbert.

– Ah bon, ma mère a dit quoi ?

– Elle viendra avec plaisir.

– C'est décidé alors.

– La voiture viendra à 12 h 30 dimanche.

Annabelle comprend pourquoi Samuel a haussé les épaules quand elle lui a posé des questions sur le travail de son père. C'est terrible, « Son Excellence » ! Et Samuel, il est quoi : Sa Mini-Excellence ?

Avant dimanche / Before Sunday

– Qu'est-ce que tu penses de cette invitation, maman ?

– C'est casse-pieds ! J'ai un article à finir, les copies à corriger, les lessives, les courses et tout le tralala. Je n'y arriverai pas.

– On n'est plus que toutes les deux maintenant, il n'y a pas tant de courses à faire, et je peux t'aider de toute façon. Ne penses-tu pas que c'est « exciting » d'aller à l'ambassade ?

– Casse-pieds, tu veux dire ! Il m'a surprise et je n'ai pas eu les bons réflexes pour refuser.

– Je ne t'aurais pas pardonné. On ne peut pas travailler tout le temps ! Il faut sortir un peu. C'est toi-même qui me l'as dit !

– Oui, mais ça me casse les pieds, juste quand j'ai cet article…

– Tu sais, ils ont un excellent chef !

– Et qu'est-ce que tu feras s'il y a une tomate

dans ton assiette ? Tu vas faire ton cinéma «Y a des tomates» ?

– Et toi «Y a du fromage» ? On a le droit de ne pas aimer quelque chose, toi comme moi. Quoique ne pas aimer de sublimes fromages soit beaucoup plus grave que ne pas aimer des tomates infectes !

– Le fromage, c'est du cholestérol et une crise cardiaque assurée. Les tomates, c'est pomodoro, pommes d'amour, vitamines sans calories !

– J'ai une idée : je vais dire que je suis allergique à tout ce qui est rouge !

– Et s'il y a des fraises, des framboises, des cerises, de la pastèque ?

– Zut ! Tu as raison. Je dirai que j'ai juste une intolérance alimentaire aux tomates.

– Parle plutôt d'une pathologie psychiatrique fixée sur les tomates.

– Je vais téléphoner tout de suite à Samuel pour l'informer de nos aversions et pathologies. Comme ça il veillera à ce qu'il n'y ait ni tomates ni fromage.

– Tu peux y ajouter le gluten ?

– Et le porc, le lapin et les fruits de mer ?

– Ton père n'est pas invité, alors ça va.

– Mon père EST invité. C'est toi qui ne lui as pas transmis l'invitation.

– C'est lui qui est parti.

Le déjeuner/The luncheon

Déjeuner, élégance, convivialité, luxe, menu, goût, tout est réuni, tout va bien. Impressionnant. Et pas de tomates ! Pas de fromage ! Les ambassades doivent s'adapter aux différents menus et coutumes de leurs hôtes quels que soient leurs traditions, tabous et dégoûts.

Annabelle a des scrupules à accepter la proposition de Son Excellence l'ambassadeur Shelbert, mais elle est désormais le tuteur rémunéré de son fils. Samuel est un camarade de classe, elle devrait agir uniquement pour l'aider. Mais le père de Samuel veut qu'elle passe deux heures par jour à faire les devoirs et à parler français avec lui.

– Il y a meilleur que moi. Les profs, par exemple.

– Non, Samuel dit qu'il sent qu'il peut bien travailler avec toi.

Annabelle sait déjà ce qu'elle va faire avec tout cet argent. C'est une véritable petite fortune ! Béni soit Samuel !

Parents / Parents

Dans la famille de Samuel, il n'y avait pas plus de mère que de père chez elle. Ces deux absences ont hanté le repas, mais personne n'a osé poser de questions.

Elle ignore ce qui s'est passé pour la mère de Samuel. Son père à elle a simplement décidé un jour de quitter sa mère en emportant sa banane de petit frère, Anatole. Son père en a eu assez.

Il n'a ni complètement tort ni tout à fait raison. Il a juste craqué.

Il faut dire que sa mère est une droguée du travail. Elle est passionnée, et c'est admirable, mais elle est aussi obsédée par sa recherche, son enseignement, et toutes ses autres responsabilités. Rien n'existe pour elle en dehors de son travail. Elle ne sait pas quelle heure il est, quel jour, ou ce qui se passe dans le monde. À quatre heures du matin, elle peut être encore assise à son bureau, concentrée sur ce qu'elle fait. Elle n'entend jamais quand son mari lui parle.

Elle est néanmoins attentive au travail scolaire de ses enfants et assure le service minimum à la maison : les courses, la cuisine, la lessive. Elle a juste oublié qu'il pouvait y avoir autre chose dans la vie que son travail. Le pire, c'est qu'elle ne semble même pas avoir remarqué que son mari est parti avec son fils et qu'Annabelle en souffre.

Le père d'Annabelle n'est pas parti loin, ce qui lui permet d'aller souvent chez lui. Son frère Anatole – elle ne l'aurait jamais cru ! – lui manque, ce qui prouve que l'on ne se rend pas compte de son bonheur quand il est là. Même les disputes pour rien lui manquent. Jusqu'à l'odeur révoltante de ses chaussettes. Ça montre combien les relations humaines sont complexes. Il l'énervait, la rendait folle, désespérée et complètement sourde quand il jouait du piano. Désormais, il vient tous les jours répéter chez elles parce que son père n'a pas les moyens d'acheter un second piano.

Annabelle est certaine que son père aime sa mère et que sa mère aime son père. C'est juste qu'elle aime aussi son travail. C'est injuste aussi : si sa mère était un homme, on trouverait normal qu'elle se consacre à son travail. Son père, quand il quitte son bureau, n'y pense plus. Elle connaît des familles où le père est souvent en voyage, rentre après le coucher du soleil et celui des enfants, vient à table avec son portable ou son ordinateur, et personne ne trouve cela anormal.

Il y a une chose qui la réconforte, la certitude que son père va revenir, que ses deux parents vont grandir, retrouver la raison et s'accepter. Alors ils seront de nouveau une famille. Annabelle refuse de considérer que sa famille est éclatée. Elle est juste provisoirement bouleversée.

Entre-temps, son père et Anatole ont raté ce repas splendide à l'ambassade américaine, mais elle compte amener vite Samuel chez son père et son frère.

Samuel, le cow-boy solitaire/ Samuel, the lonesome cow-boy

Si loin que s'étende la mémoire de Samuel, il les voit, son père et lui, dans des palais immenses avec des nounous à la chaîne. Il ne se souvient pas de sa mère, qui est morte quand il était encore bébé. Samuel ne sait pas comment ni pourquoi. C'est un sujet tabou. Bien qu'occupé par de grandes responsabilités, son père lui a toujours consacré du temps. Ils jouent de la musique ensemble, lui au piano, son père au violon. Ils passent au moins une heure par jour, pas vraiment à parler, mais à faire la conversation. Il y a trop de mots qu'ils ne veulent pas prononcer, trop de questions qu'ils n'ont pas le courage de poser, un équilibre qu'ils ne veulent pas menacer. La peur de la vérité empêche la parole. Cela arrange Sydney Shelbert qu'Annabelle passe de plus en plus de temps chez eux et Samuel chez elle. Il n'aurait pas pu rêver mieux pour sa mission en France.

C'était son idée d'inscrire son fils à l'école publique après sa scolarité privée. Au début de son adolescence, Samuel l'inquiétait. Il était seul, renfermé. Il avait détesté l'école huppée lors de son dernier poste au Qatar, ayant préféré s'emmurer dans l'ambassade pour dialoguer avec son piano.

De pays en pays, à la remorque de la carrière de son père, Samuel ne pouvait pas dire où se trouvait sa maison. Certes, ils passaient quelques semaines tous les étés dans leur résidence du Cape Cod et il se sentait bien là-bas entre les photos de sa mère et son père plus décontracté, sans cravate, qui passait ses journées à faire de la voile, sur la plage et même à faire la cuisine comme un grand chef.

Son père sort avec des femmes élégantes, souvent intelligentes, parfois très sympathiques. Il leur arrive de passer la nuit chez eux, mais rien ne dure. Le grand amour de sa vie, c'est Samuel. Le grand projet de sa vie, c'est aussi Samuel. Pour Samuel, tout cet amour et ces espérances sont lourds à porter. Il ne se sent pas à la hauteur des ambitions de son père. Surtout en France, où il peine à demander où se trouvent les toilettes. Il ne sait pas encore que la seule véritable ambition de son père pour lui est son bonheur, ou ce que son père estime être son bonheur.

Dans les ambassades immenses, il y a des bureaux,

du personnel, des couloirs sans fin, des salons innombrables, des jardins impeccables, et Samuel doit se frayer un chemin vers son île, son chez-soi au milieu du brouhaha. Parfois, ils accueillent des hôtes, des vedettes américaines, des politiciens, des écrivains, des artistes et même le président des États-Unis.

Annabelle a un laissez-passer, mais elle doit se soumettre aux contrôles des services de sécurité à chacune de ses visites. Samuel préfère étudier chez elle ou chez son père et son frère, ces deux êtres souriants et bien dans leur peau qu'il a rencontrés la semaine précédente. Anatole joue du piano aussi et ils aiment faire les clowns ensemble au clavier. L'amitié a été instantanée.

Annabelle est violoncelliste. Place des Vosges, Samuel passe le chapeau quand elle joue avec Joséphine, son amie flûtiste. La dernière fois, ils ont gagné 93 euros. Samuel est heureux de se rendre utile. Et il n'a pas besoin de parler alors : il tend le chapeau et les gens comprennent.

Tant de mots / So many words

Il y a à peu près 60 000 mots dans le Petit Robert. Et plus de 171 000 mots en anglais dans le dictionnaire Oxford. Si Samuel connaissait même 300 mots en français, ce serait déjà bien. Annabelle va lui offrir des bouquets de mots, d'ailleurs elle a commencé par lui apporter un bouquet de noms de fleurs qu'elle a dessinés sur des tiges : jonquille, coquelicot, marguerite, œillet, etc.

Samuel a prononcé « fleurs » avec un peu de dédain. Mais il aime le mot « coquelicot ». Il a un besoin urgent de savoir passer une commande dans un restaurant, suivre des instructions pour trouver une rue, lire le journal, pourquoi l'embête-t-elle avec des fleurs ? Il le lui dit.

– We have to start with something beautiful !

– Okay, but what is this ?

Ils sont dans la cuisine transformée en laboratoire

de langue et Annabelle énumère tout ce qu'elle contient en l'écrivant sur les Post-it : chaise, table, réfrigérateur, cuisinière, tourniquette à vinaigrette...

– I'll never say that !

– Who knows ? I'm giving you a gift of words ! À prendre ou à laisser.

Annabelle continue : banane, pomme, raisin. Samuel répète chaque mot accroché dans le panier à fruits, dans la cuisine, le salon et sa chambre. Mais il sait que ces mots ne lui permettront pas de mener une conversation intelligente. Il aimerait aller encore plus vite, avoir une baguette magique pour les langues.

Annabelle lui colle aussi des petits Post-it sur le corps : tête, œil, nez, bouche, joue, oreille, cou, bras, main... Quand elle a presque fait le tour complet de son anatomie, il lui fait savoir qu'elle a oublié quelque chose.

– C'est un pénis, monsieur.

Elle l'écrit et lui passe le papier.

– Colle-le toi-même.

Paris/Paris

Samuel apprend vite et approfondit les leçons d'Annabelle avec des méthodes audio. En plus d'être volontaire, persévérant et discipliné, il est vraiment intelligent. Il sait que l'on ne peut pas vivre dans un pays sans en connaître la langue. Et il aime ce pays. En Italie, il avait vite appris l'italien. Il n'avait pas besoin de l'arabe au Qatar car il ne fréquentait pas les Qataris, à l'exception des petits-fils des émirs dans son école, et eux, ils parlaient l'anglais.

Pour le récompenser d'avoir bien travaillé, Annabelle lui fait visiter Paris les week-ends. Arrondissement par arrondissement et quartier par quartier, à pied. Un jour de pluie, ils ont passé des heures dans le métro à sillonner les lignes, de la 1 à la 14. Elle a découvert la grande bibliothèque François-Mitterrand en même temps que lui. Parfois, elle invite Fanny ou Raphaël à les accompagner pour obliger

Samuel à parler français. Elle ne sait pas qui fait le plus de progrès, elle en anglais ou lui en français. Certainement lui, car il a commencé de zéro. Elle prend son engagement à cœur bien qu'elle ne soit pas sûre qu'il aura le bac. Mais il parlera français à la fin de l'année scolaire. D'ailleurs, il parle déjà français. Annabelle est simplement intransigeante dans son insistance.

Ils regardent ensemble des films en français, des vieux films de l'époque de ses grands-parents, *À bout de souffle*, *Les 400 Coups*, pour l'entraîner mais aussi pour lui donner une culture cinématographique. Elle lui fait répéter des phrases afin de gommer son fort accent d'Amerloque, mais il n'y a rien à faire.

Il est bon en maths et il a sa place en S. Elle lui apprend les symboles en français. Pas évidents, ces plus, moins, égal, etc. En fait, il est très fort, mais on le prend pour un idiot et on lui parle comme s'il était sourd et muet. Pourtant, il fait des progrès importants.

Parfois, il sort seul avec Anatole qui est complètement réfractaire à l'anglais, et Samuel est bien obligé alors de parler en français. Ce n'est pas, après tout, si éloigné de l'italien, qu'il parle couramment.

Samuel doit passer le bac de français aussi et, dans ce but, il travaille avec un professeur de français de la classe de première. Le jour où il obtient un 6/20 en dissertation française, Annabelle le récompense par une sortie place des Victoires.

Il a la fâcheuse habitude de fixer le trottoir.

– Mais lève la tête, autruche ! Regarde comme Paris est beau. Regarde cette vieille porte ! Regarde cet immeuble !

– Il ressemble à un gâteau de mariage. Il vaut mieux vérifier où on marche avec tous ces chiens français indisciplinés.

– Regarde les visages ! Regarde les nuages !

– Ça rime.

– Bravo ! Tu es perspicace. Tu viens avec moi dans cette boutique ?

– Tu es mon guide et je te suivrai jusqu'au bout de la terre.

Dans la boutique/In the shop

C'est une grande marque qu'Annabelle adore… de loin, car elle ne pourrait même pas se payer un T-shirt dans ce magasin. Elle n'y va jamais seule, se sentant comme une intruse dans ce lieu si chic. Aujourd'hui, Samuel est son billet d'entrée avec son accent de riche touriste. Elle montre à Samuel des robes, des jupes, des ensembles pour avoir son avis. Certaines robes importables les font rire.

Une femme voilée d'une soixantaine d'années, s'approche d'Annabelle.

– Excusez-moi, dit-elle dans un français chantant, je voudrais acheter des cadeaux pour mes petites-filles. Pouvez-vous m'aider ?

– Bien sûr, mais comment ?

– Juste en m'indiquant tout ce que vous aimez. Vous avez à peu près le même âge, je crois, et vous devez faire la même taille.

Annabelle la guide à travers le magasin et lui montre, sans regarder les prix, ses vêtements favoris. Chaque fois, la dame en prend deux exemplaires.

Annabelle s'amuse comme si elle était dans un rêve ou dans un film. À un moment, la dame lui demande si elle peut essayer les vêtements.

Quand elle sort de la cabine, Samuel siffle comme un marin.

– Oui, magnifique ! dit la dame. Merci pour votre aide.

– Vous venez d'où ?

– Du Qatar.

Samuel bondit. Il lui raconte sa vie au Qatar, ils ont beaucoup de choses à partager.

– Vous êtes sûre de pouvoir rapporter tout ça dans vos valises ?

– Ne vous en faites pas pour ça.

Samuel emmène Annabelle vers le rayon hommes et dispose une chemise devant lui.

– Qu'est-ce que tu en penses ?

– C'est bon pour l'ambassade, mais un peu coincé.

– Si tu veux connaître la vraie signification de « coincé », viens dimanche rencontrer mon grand-père. Mon père à côté de lui a l'air d'un punk. Il vient passer un mois en France.

– Il parle français ?

– Oui, il était diplomate aussi. Il vient de prendre sa retraite.

– Tu seras diplomate aussi. Trois générations de diplomates…

– Ça fera quatre avec mon arrière-grand-père. Diplomates et banquiers. Mais moi je vise plus haut : président !

– Alors tu peux acheter la chemise !

Puisqu'il s'est mis à pleuvoir des chats et des chiens, selon la formule de Samuel, ils restent dans le magasin à s'imaginer dans des costumes ou des maillots de bain, au seuil de l'hiver. Annabelle en profite pour améliorer le vocabulaire vestimentaire de Samuel. Il ne connaissait pas le mot « slip ». Quand ils sont sur le point de repartir, une vendeuse court vers eux.

– Je ne peux pas tout porter. Venez m'aider.

Samuel regarde Annabelle comme un extraterrestre. Il se demande s'il s'agit d'une pratique courante en France de recruter les clients pour porter les cartons. Estimant qu'ils ont néanmoins profité des lieux, ils suivent la frêle vendeuse.

Elle sort de derrière le comptoir un nombre important de sacs avec le logo tant convoité du magasin. Sept pour Annabelle et un pour Samuel.

Annabelle a subitement peur. Comment va-t-elle payer tout ça ?

– Mais on n'a rien acheté ! proteste-t-elle.

– La dame a laissé ça pour vous remercier de l'avoir aidée. Elle a dit que vous pourriez être jolie si vous abandonniez vos jeans troués. Et puis elle voulait faire quelque chose pour le jeune homme aussi. Et voici un cadeau du magasin.

– Je ne peux pas accepter tout ça. Cela m'a amusée de la conseiller. A-t-elle laissé sa carte ? Un nom ? Une adresse ?

– Elle m'a juste demandé de vous remercier et de vous dire de profiter de vos jeunes vies.

– Est-ce qu'elle a aussi laissé des instructions sur la manière de profiter de nos jeunes vies quand on est au lycée six jours sur sept ?

– Et quand le septième on travaille aussi, hasarde Samuel.

Annabelle est fière des progrès linguistiques de son élève. Il ne reste que des petites lacunes comme la grammaire et l'orthographe.

Sombres secrets / Dark secrets

En sortant du magasin les bras chargés de ces paquets de bonheur imprévu, ils se dirigent vers un café, afin de profiter de leurs jeunes années, de fêter ce cadeau que la vie vient de leur offrir, de célébrer cette vie qui est le plus beau des cadeaux. C'est alors qu'ils voient, assis derrière la vitre du café, le père d'Annabelle attablé avec une inconnue. Annabelle et Samuel font vite demi-tour.

La grand-mère d'Annabelle/ Annabelle's grandmother

Marguerite, la grand-mère d'Annabelle, veuve depuis une éternité (du moins depuis qu'Annabelle est née), vient voir ses « petits Parisiens » à l'improviste. Elle s'arrange hors saison pour laisser son restaurant dans le Sud-Ouest entre de bonnes mains.

C'est à chaque fois une surprise heureuse pour Annabelle, mais pas forcément pour sa mère. L'accent (que Marguerite s'est désespérément efforcée de perdre) retentit dès qu'Annabelle ouvre la porte de l'appartement.

– Et tu ne m'as pas estimée digne de ta confiance ?

– Je sais combien tu aimes Léonard et je sais aussi que tu travailles dur. Je ne voulais pas t'embêter. Je dois terminer cet article important puis il reviendra.

– Mais il y aura un autre article « important ». Est-ce que tu sais au moins ce qui est important, ce qui est le plus important ?

– Oui, oui, dit Lulu distraitement. Je prendrai quelques jours pour m'expliquer calmement avec Léonard.

Annabelle voudrait croire qu'il n'est pas trop tard.

Pour l'instant, elle téléphone à Samuel pour lui demander de déplacer le déjeuner avec son grand-père à leur domicile.

– On ne peut pas laisser ma grand-mère seule alors qu'elle vient d'arriver pour le week-end.

– Tu peux l'amener.

– Ma grand-mère fait super bien la cuisine. Figure-toi que son restaurant a une étoile. Le rêve de sa vie serait d'en avoir trois.

– Notre chef fait bien la cuisine aussi, tu ne trouves pas ? D'ailleurs, je travaille avec lui. Il me donne des leçons.

– Tu aimes faire la cuisine ?

– Oui, j'adore ! Mon père aussi aime ça.

– Et ton grand-père ?

– Je ne l'imagine pas en tablier.

– Il sera peut-être plus décontracté ici.

– Il n'est jamais décontracté. He's the iron man, droit, rigide, totalement étranger au compromis. Mon père l'est un peu moins, et moi… tu me connais. De génération en génération, ça s'améliore.

– Pas chez nous. L'éthique du travail est encore très forte chez les femmes. Moins chez les hommes. Écoute, fais un petit sondage autour de toi pour dimanche, je n'ai pas encore demandé à ma grand-mère si elle veut préparer un repas pendant ses journées libres.

– Je te rappelle.

Les recettes de mamie/Granny's recipes

Annabelle et Marguerite sont invitées au domicile de Léonard.

– C'est fou quand même, deux loyers à payer ! Et en plus te séparer de ton frère !

– Longtemps, je n'ai pas pu le voir et maintenant je me languis de le retrouver, ce fripon enquiquineur.

– Oui, je connais ça. Ma sœur avait l'art de me mettre les nerfs en boule et de faire couler mon sang à l'envers, et maintenant je ferais le marathon de New York pour la voir sur la ligne d'arrivée. J'achèterais même un portable pour avoir la chance de lui parler deux minutes.

Marguerite déteste autant la technologie que la course. Elle n'aime que la cuisine.

– Dis, mamie, après la mort de ton mari, tu n'as jamais pensé à « refaire ta vie », comme on dit ?

– La vie n'est pas à refaire, elle continue, c'est

tout. Je me souviens de lui à mes côtés dans notre maison que nous avons transformée en restaurant. Nous étions ensemble dans la cuisine, dans la salle, toujours ensemble à tout gérer. Et maintenant, ça marche sans lui, et bientôt sans moi.

– Sans toi ? demande Annabelle, troublée, elle qui a l'intention de faire la serveuse cet été.

– Voici le scoop : Antoine, mon jeune et talentueux deuxième chef, veut l'acheter.

– Tu as l'intention de vendre ?

– Un jour ou l'autre. Je n'ai plus la force que j'avais. Un restaurant, c'est tous les jours midi et soir. C'est contraignant. Si je ne l'aimais pas autant, je dirais que c'est de l'esclavage. J'aimerais avoir au moins ma deuxième étoile avant de me retirer.

– Tu feras quoi alors ? Tu pourrais venir vivre à Paris près de nous.

– Non, je n'aime pas la ville. Je m'achèterai une petite maison, je cultiverai un potager et je ferai un régime !

– Mamie, tu n'as jamais réussi à faire un régime !

– Je mettrai au propre mes recettes.

– Ça, c'est une idée géniale. Rien que pour moi !

Moins que moyen/Less than average

D'après Marguerite, le dîner chez son gendre était moins que moyen, pour ne pas dire scandaleusement mauvais.

– Vous êtes vraiment capables de manger n'importe quoi, les garçons. On ne peut pas vivre sans goût.

– Nous survivons, dit Léonard, coupable. C'est du camping… entre hommes !

– Et ça va durer combien de temps, ce cirque ? Annabelle et Anatole entre deux maisons, lui l'année du brevet, elle l'année du bac. Vous ne pouvez pas faire une trêve pour vos enfants ?

– Il faut que ta fille le veuille… si seulement elle passait avec moi un centième du temps qu'elle passe penchée sur son ordinateur. Elle ouvre les yeux le matin et branche immédiatement son meilleur ami, son amant ! Elle est totalement dépendante.

– Écoute, Léonard, vous mangez mieux chez ma

fille que sans ma fille et ce n'est pas rien. Elle travaille dur, mais elle vous prépare toujours un bon dîner, meilleur que ces horreurs que tu manges désormais.

– La vie d'un couple, c'est quand même plus qu'un bon dîner !

– Elle n'est pas dans les boîtes de nuit en train de danser ! Et tes enfants ?

– Tu les trouves malheureux ? Tu trouves ta fille malheureuse ? Tu me juges malheureux ?

– Je vous juge immatures et irresponsables. Vous pouvez discuter au lieu de partir et de démissionner au premier souci. Si elle est dépendante, tu pourrais l'aider à s'en sortir. Tu as pris un engagement « pour le meilleur et pour le pire ».

– Tu penses vraiment que je n'ai pas essayé ?

La grand-mère d'Annabelle a le malheur de toujours dire ce qu'elle pense. Elle ne pourrait pas être diplomate. Léonard écoute attentivement.

– Écoute, Marguerite, parfois il faut prendre des décisions. Les enfants sont grands. La vie passe vite. Lulu et moi, on a peut-être fait notre temps. J'ai une envie urgente de tendresse.

Marguerite le regarde avec affection et sympathie. Il a raison après tout : on n'a qu'une seule vie. Il y a des turbulences, des désirs, des frustrations. Cela dit, la continuité est un grand confort.

Pendant que sa grand-mère tient la porte de l'ascenseur, Annabelle chuchote à son père :

– Je t'ai vu aujourd'hui.

– Pourquoi tu ne m'as pas dit bonjour ? Tu aurais pu me faire un bisou, ou me demander des sous.

– Tu n'étais pas seul.

– Ah bon, dit-il pour clore la conversation.

Invitation au restaurant/Invitation to a restaurant

Avec l'accord de sa grand-mère, Annabelle réitère son invitation à un repas cuisiné par sa grand-mère alors qu'elles se trouvent dans la cuisine de l'ambassade. Le grand-père intimidant de Samuel entre comme sur une scène de théâtre.

– Je te présente grand-père, Charles Shelbert. Tu peux lui demander toi-même.

L'homme mesure 1 m 94, ses os semblent être renforcés avec du béton armé, ses traits sculptés par un artiste qui aime les rides, ses vêtements taillés pour l'éternité, impeccables. On l'a probablement trempé de la tête aux pieds dans l'amidon. Il est cordial, mais peu souriant.

– Je me ferais un plaisir de vous inviter, Annabelle, avec votre famille, au Café de la Paix place de l'Opéra. Le brunch du dimanche est amusant. J'aime ce lieu « vieille France », ce passé dans le présent.

– Mais on sera quatre : ma mère, ma grand-mère, mon frère et moi.

– Et nous, trois. Sept est un très bon chiffre. Je réserverai pour 13 heures.

Annabelle se demande comment cet homme sans souplesse, sans doutes sur lui-même a pu un jour coucher avec une femme et donner le jour au père de Samuel. Il y a peut-être deux hommes dans chaque homme : l'homme nu et l'homme habillé. De temps en temps, elle essaie d'imaginer tel ou tel prof nu, sans son armure. Cela l'aide à surmonter l'angoisse que provoquent certaines personnes intimidantes, comme ce grand-père de fer.

Cet homme a-t-il joué avec son bébé ? Changé ses couches et donné le biberon ? Savait-il jouer à quatre pattes ? Qui peut savoir ? Il y a des puits de tendresse cachés en chaque être. Elle ne l'a vu que trois minutes. Que sait-elle même de ses propres parents ? Peut-on vraiment connaître les autres ?

Pour mieux le connaître, elle demande à Samuel d'écrire un texte sur le sujet : « Qui suis-je ? »

Le Léonard caché/The hidden Léonard

Léonard Kvell sait qu'il s'est battu pour cette Lulu, mais il sait aussi qu'il a peut-être perdu la guerre.

N'empêche qu'à vélo au cœur de Paris il est content d'être là, en ce lieu. Cela s'appelle le bonheur. Il énumère tout ce qu'il aime : prendre le petit déjeuner avec Anatole et parler du dernier modèle de téléphone mobile dont son fils rêve, prendre un bain de soleil à la terrasse d'un café du quartier, commencer sa journée de travail dévouée à un patron qu'il adore, penser à cette femme qui le poursuit et accepter la poursuite après l'avoir si longtemps refusée, faire connaissance avec quelqu'un qui ne partage pas son passé et qui n'a pas une once de reproche à son égard, chercher sur Internet une maison à échanger pour les prochaines vacances.

Mais quelle maison et avec qui ? La question surgit comme un méchant nuage devant un soleil épanoui. Une famille vous permet la régularité, la routine, les rails. Une famille est un pansement sur les contrariétés quotidiennes. Même quand elle est la source de ces contrariétés ? Non, l'échange sera fait, avec sa famille, sa maison.

Alors pourquoi se sent-il rajeuni et plein d'énergie depuis qu'il a loué ce petit trois pièces pour y vivre entre hommes avec Anatole, loin des sautes d'humeur et des réprimandes de sa femme (et de sa fille) ?

Pourquoi n'a-t-il pas rassuré Annabelle en disant que la femme avec qui elle l'avait vu ne représentait rien, qu'il avait l'intention de revenir bientôt à la maison, qu'il n'avait loué cet appartement meublé que pour trois mois, que tout cela était simplement une tentative de mise en garde, et qu'il avait même déjà organisé sur Internet l'échange de maisons en Suède pour l'été ?

Il ne lui a rien dit parce qu'il n'en sait rien. Qui sait, malgré les projets, ce qui peut arriver d'ici demain ? L'homme fait des projets et Dieu rit. Entretemps, Léonard a retrouvé la liberté enivrante du célibataire, liberté partielle parce qu'il est père célibataire. Et il a intérêt à commander des sushis parce que Annabelle vient manger ce soir avec ce drôle d'Amerloque perdu à Paris, pour lequel il a déjà de l'affection.

Tu te maries quand ?/When will you marry?

En route vers le nid de son père, Annabelle déclare à Samuel :

– Je n'aurais jamais pu imaginer une situation pareille : mes parents si unis qui se séparent, le dîner chez mon père sans ma mère, l'impossibilité d'inviter mes deux parents au déjeuner de ton grand-père, et le fait que j'aurai même un problème pour les réconcilier le jour de mon mariage.

– Tu te maries quand ?

– Pas tout de suite.

– Avec qui ?

– Avec un homme.

– Un homme comment ?

– Un homme drôle, qui aime lire, habité d'une gentillesse profonde, un homme qui m'aime. Et qui parle très bien le français.

– Je suis éliminé alors.

– Un homme français !

– Xénophobe ?

– C'est plus facile de ne pas être obligé d'expliquer qui on est. Et toi, tu te maries avec qui ?

– Une créature de rêve, une beauté parfaite, blonde, élégante, bien habillée, bien coiffée, avec des talons hauts et des sous-vêtements transparents sur de gros nichons.

– Je suis éliminée alors ? Et si elle est, avec tout ça, bête et méchante ?

– Je l'apprivoiserai. Et si ton mec français qui parle si bien le français est en fait une brute silencieuse ?

– Je le ferai parler. Je lui poserai des questions. Je te parie que mon père a commandé des sushis. Il est trop paresseux pour faire à manger. C'est d'ailleurs ce que lui reproche ma mère.

– Chacun son truc. Moi, je ferai la cuisine.

– Pendant que ta beauté fatale se vernira les ongles des pieds et lira des magazines de mode.

– Par exemple.

– Dans notre classe, qui se rapproche le plus de ta femme idéale ?

– Julie.

Annabelle ne dit rien, mais elle ressent un pincement de jalousie.

Anatole, fidèle à sa réputation de goinfre, avait fini les sushis.

– Tu comprends, ça ne se conserve pas.

– Il est en période de croissance, dit Léonard en guise d'excuse.

Anatole grandit/Anatole is a growing boy

Anatole a tout le temps faim. Normal ! Il se lève toujours trop tard pour le petit déjeuner et il court pour arriver avant la sonnerie des cours au collège. Si sa mère, elle, le poursuivait dans l'escalier avec une tartine, son père le laisse vivre. Peace and love. Sa mère, et son verre de jus d'orange à la main, lui manque. La décision de partir avec papa lui semblait juste, même si toute l'histoire qu'ils vivent est, elle, injuste. Sa sœur lui manque énormément aussi, contrairement à ce qu'il aurait pu croire. Il n'y a plus personne pour le harceler et lui dire : « Travaille ! Fais tes devoirs ! »

Et le voici propulsé dans ce collège de galère, quatre ans à être parqué dans ces constructions laides, à errer d'une classe hideuse à une autre, d'un prof démobilisé à un autre prof désespéré, à respirer l'ennui du matin au soir… en ayant faim à chaque minute.

Si seulement il avait pu rester quelques années de plus avec son maître de CM1 et CM2, monsieur Rouget, si affectueux et stimulant, cet homme né pour être instituteur. Mais non, on a expulsé Anatole, parmi d'autres enfants, pour le faire tourner en rond dans ce manège. S'il apprend l'anglais avec ce professeur, il parlera comme une vache espagnole. S'il apprend l'italien avec ce prof d'italien, il sera condamné au mutisme car le prof est en congé de maladie depuis le début de l'année, même si Anatole l'a vu au cinéma et qu'il n'avait pas du tout l'air malade. C'est simple : ce prof aime ce collège lugubre autant qu'Anatole. Pourtant, il appréciait toutes les matières en primaire, porté par l'enthousiasme de son prof dévoué. Maintenant il ne voit aucune utilité à apprendre par cœur les dates en histoire ou les formules de chimie. Parfois, il se passionne pour un sujet de rédaction ou un problème de maths, mais c'est rare. Et il a faim, tout le temps.

Les seuls moments où il n'a pas faim, c'est quand il fait du sport ou qu'il s'envole au piano, ou... qu'il mange.

Anatole attend avec espoir ses débuts au lycée l'année prochaine, puisque sa sœur y va de si bon cœur. Mais sa sœur est d'une race à part, d'une race qui s'appelle l'excellence. Elle ne possède pas en elle une once de paresse, alors que lui, il est envahi, assailli, entièrement composé de flemme.

N'empêche qu'il est toujours heureux de parler en français élémentaire avec Samuel et il attend avec un espoir vorace ce dimanche dans un bon restaurant. Il a regardé le menu sur Internet. Il a déjà fait son choix.

Une autre fille/Another girl

Samuel est à deux doigts d'inviter Julie au déjeuner de dimanche. Julie est vraiment belle, elle n'a pas la personnalité ardente d'Annabelle, pas son esprit subtil, ni ses initiatives et son énergie. En gros, Julie n'est pas Annabelle, cette fille qui l'obsède du matin au soir. Il fait d'énormes efforts en français pour elle. Il s'endort avec le Bescherelle dans les mains et se réveille avec le livre toujours ouvert à la même page. Il s'est même mis à lire les livres du programme du bac français qu'il passera en même temps que le bac général. Il ne comprend pas pourquoi son père l'a inscrit dans un lycée public, alors qu'il a fait toute sa scolarité dans des écoles privées anglophones. Et juste l'année cruciale ! « Sink or swim ! » aime déclamer son père. Et si son père avait raison ? Ce n'est pas mal de rencontrer des autochtones plutôt que des fils de diplomate et de banquier ou d'autres riches expatriés. Et il a rencontré Annabelle !

Julie le drague, il le sait et il se laisse draguer. Il l'a même invitée au cinéma, pour un blockbuster hollywoodien qu'il mourait d'envie de voir, mais Annabelle ne jure que par les films français.

Heureusement que le film en VO ne demande aucun effort de concentration. À ses côtés, il y a Julie et sa poitrine dure qui frôle régulièrement par un heureux hasard son bras. Son cerveau et les autres parties incontrôlables de son anatomie s'emballent. Il se tourne vers elle et embrasse ses lèvres consentantes. Au diable le film. Il y a mieux à faire dans la vie.

Cœur brisé/Heartbreak

Annabelle n'en a plus jamais parlé. Ce garçon qui l'a quittée – elle ne veut même plus prononcer son prénom – a bel et bien brisé son cœur. Elle l'a enterré dans la partie « cimetière » de son être. Elle n'arrive toujours pas à croire que cela a pu lui arriver et elle n'est pas prête à refaire l'expérience ! Son cœur est définitivement hors service, intouchable et désormais sous les ordres exclusifs de son cerveau.

Plus aucun garçon ne l'intéresse. Elle ne savait pas que ses yeux pouvaient produire autant de larmes, elle qui est toujours si sûre d'elle, si contrôlée, maîtresse de son destin. On ne l'y reprendra pas à deux fois !

C'est au moment où son cœur s'est brisé que Samuel est entré dans son monde. Mais Samuel est plutôt un copain et surtout une grande responsabilité puisqu'elle voudrait mériter son salaire et l'aider à avoir son bac.

Samuel est touchant, un pauvre petit garçon riche, une sorte d'aristocrate en jeans troué, solitaire, orphelin, étranger même chez lui, exilé ; il réunit tous les critères pour toucher sa fibre maternelle.

Qui suis-je ?/Who am I?

Samuel se rend compte que, pour répondre à la question « Qui suis-je ? », le problème n'est pas le français. Le vrai problème, c'est qu'il ne connaît pas la réponse.

«Tu sais quoi ?
Je ne sais pas.
À part que je suis moi.
Et j'ai peur de toi.
(C'est pour cela que je t'obéis !)

Je n'ai pas de frère
Ni de sœur ni de mère
Juste un père
Et un grand-père.
(Deux ancres et une amie ?)

Je suis solitaire
Et j'aime ne rien faire
Paradis ou enfer ?
Aujourd'hui ou hier.
(Mais tu vois, j'écris...)

Je suis parfois heureux, parfois triste
Un peu chrétien, un peu bouddhiste
Un peu altruiste et très égoïste
Surtout pianiste.
(Je n'aime pas qu'on m'appelle Sammy !)

J'aime la ville et les gens
J'aimerais être intelligent
Je suis surtout négligent
Car rien n'est urgent.
(Sauf cette rédaction, un défi.)

J'aime lire
Pour me remplir
Pour vivre le délire
Me ravir.
(Mais seulement lire au lit.)

Je pourrais continuer
Mais c'est sûrement assez

Pour ma bonne fée
Je suis, je serai.
(Et c'est fini !) »

Annabelle aussi/Annabelle too

Annabelle s'attendait à quelque chose de plus classique : « Je pense donc je suis. » Elle aussi a envie de répondre à cette question, mais sans rimes.

« Qui suis-je ? Je suis une mer calme ou orageuse, selon les conditions climatiques émotionnelles. Je suis une femme, une déesse, une reine, une princesse, une sorcière, fille, mère, sœur, nièce, petite-fille, femme pour le bien ou pour le mal, une femme avec ses règles, des seins, pas de pénis, une femme qui sait que, malgré toutes les ambitions d'une vie épanouie intellectuellement et spirituellement, elle voudrait surtout être mère et faire pousser dans son jardin des êtres humains.

« J'ai dix-sept ans de vie dans le même appartement. dix-sept ans de vie quotidienne qui comprend des petits déjeuners, des déjeuners et des dîners avec des parents aimants qui ont confiance en moi et un frère arrivé trois ans après moi pour voler une petite part de cet amour et une grande part d'attention (puisqu'il est "tellement mignon"). Dix-sept ans d'école commencée à la crèche et dix-sept ans de participation active dans mes classes.

«Je sais que c'est un mot décrié, mais je le suis : ambitieuse. J'ai toujours voulu être la première : de la famille, de ma classe, de mon école. Je ne sais pas pourquoi, c'est une pulsion. Je veux que ma vie soit un chef-d'œuvre. Faire de mon mieux, faire encore plus, me dépasser, c'est ma façon d'exister. J'aimerais donner un dixième de mon ambition à ma banane de frère, et à toute personne que j'approche. Ma mère l'a, ma grand-mère aussi, mon père moins ou peut-être l'a-t-il par son désir de jouir de la vie au présent. Moi, c'est toujours l'avenir qui m'intéresse. C'est stupide, peut-être.

«Je sais que je suis autoritaire, je connais mes défauts. Si je veux tourner à gauche, il faut me suivre. Je sais me faire écouter. Je sais où je veux aller. Je suis trouillarde aussi. Je ne supporte pas la douleur physique, le moindre bobo prend chez moi des proportions cosmiques. J'ai peur de la maladie, pour moi et pour mes proches. J'ai peur de la mort, même si je sais qu'elle est inéluctable. Je suis triste de ne pas avoir connu mon grand-père, mais ce pauvre Samuel, lui, n'a pas connu sa mère !

« Je lis beaucoup, je télécharge des séries américaines pour les regarder sur mon ordi, afin de me détendre et de perfectionner mon anglais.

« Je ne sais pas si cela me résume, mais c'est un début. »

Elle le donnera à Samuel « pour corriger, ha ha hi hi ».

Trois générations au Café de la Paix / Three generations at Café de la Paix

Quand Annabelle voit le prix du brunch (presque 100 euros par personne !), elle en perd l'appétit.

– Je suis gênée, elle chuchote à Samuel.

– Qu'est-ce que tu veux ? Grand-père n'a rien de mieux à faire avec son argent que d'inviter mes amis, non ? C'est beau, n'est-ce pas ?

– Ah oui, c'est splendide, j'adore ! J'aurais tant aimé vivre il y a cent cinquante ans, quand on a construit tout ça. C'est tellement plus beau, élégant. Ça élève l'esprit.

– So shut up and have fun. Enjoy !

– Okay.

C'est surtout Anatole qui est émerveillé par le buffet. Il a du mal à patienter.

Marguerite est placée à table à côté de Charles pour faire grand-mère/grand-père. Lulu et Sydney sont aussi côte à côte, et les trois jeunes sont pris en sandwich entre les générations. Charles Shelbert commande du champagne et remplit les verres à la place du serveur. Quand Marguerite voit ses mains trembler, elle les soutient avec les siennes. C'est une femme tactile qui aime toucher les autres. Surpris par son geste, Charles lui dit :

– Ce n'est pas la maladie de Parkinson, c'est juste génétique. Mon père tremblait aussi.

– Ce n'est pas grave.

– Sauf que je vous ai éclaboussée.

– Le champagne ne tache pas. On dirait le baptême d'un navire.

– Voulez-vous que je vous prépare une assiette au buffet ?

– Vous plaisantez ! Il faut que je voie tout ça de près, que je goûte de tout, que j'apprenne…

– Apprendre quoi ?

– J'ai un restaurant. Je verrai s'il y a une idée qui vaut la peine d'être piquée.

Elle se rue vers le buffet en compagnie de Charles et lui décrit chaque plat.

Lulu explique quant à elle l'objet de sa recherche à Sydney qui a l'air fasciné. Ils n'ont pas encore attaqué le buffet qu'Anatole a déjà rempli son assiette pour la troisième fois. Annabelle est déterminée à en avoir pour son argent, même si ce n'est pas son argent. Elle choisit les aliments les plus chers : le caviar, le saumon fumé, le homard.

Marguerite et Charles sont en pleine dégustation et conversation.

– Goûtez-moi ça, Charles, dit Marguerite en lui mettant sa cuillère dans la bouche comme si elle nourrissait un bébé.

Samuel est ébahi.

– Je crois que j'ai vu grand-père sourire.

– Ma grand-mère est une décoinceuse !

– Comme sa petite-fille.

– Tu n'as jamais été coincé !

– Qu'est-ce que tu racontes ? Je ne pouvais pas sortir trois mots en français. Et maintenant j'écris de la poésie !

– Tu m'as bluffée !

– C'est toi qui m'as donné la chance d'être poète pendant dix minutes.

– Je l'ai fait aussi mais sans rimes.

Elle sort la feuille de son sac et la lui donne.

– Tu me notes ?

Anatole attaque la pâtisserie. En voilà un qui a mangé ses 100 euros ! Marguerite écrit quelques idées dans son calepin et déclare :

– Ils travaillent bien ici. Et j'aime bien l'idée d'un

brunch. J'aimerais en faire un chez moi : Les dimanches de Marguerite.

Charles va discrètement régler la note. Lulu est déconcertée quand sa mère lui dit qu'elle ne rentre pas à la maison tout de suite, qu'elle va au cinéma avec Charles.

– Mon grand-père n'aime pas le cinéma, chuchote Samuel.

– Mais il a l'air de vouloir prolonger ce moment avec ma grand-mère.

– On va les espionner ?

– Non, on va travailler ! Assez joué !

– Slavedriver !

– C'est quoi ?

– Esclavagiste ! Mais je ne peux pas travailler avec toi cet après-midi. J'ai rendez-vous avec Julie.

– Pour faire quoi ?

– Pour traîner.

– C'est bien, tu parleras français ! Tu m'apprendras après comment on traîne. Je ne sais pas faire.

Lulu réfléchit/Lulu is thinking

C'est douloureux pour Lulu d'avoir sacrifié son temps à ce brunch inutile. Bien que Sydney soit charmant, le repas somptueux, les enfants aux anges, elle n'arrive pas à oublier qu'elle doit terminer son article avant demain. Au moins elle est débarrassée de sa mère énervante, de ses enfants qui vivent leur vie, de Léonard... Que devient Léonard ? Il lui manque le soir au moment d'aller au lit, mais son absence lui permet d'avancer sans culpabilité. Non, jamais sans culpabilité ! Pourquoi est-elle obligée de toujours se sentir coupable ?

Elle lui en veut de la culpabiliser de travailler. Que veut-il qu'elle fasse de ses concepts, de ses projets, de son cerveau ? Est-ce qu'ils se sont mariés pour se tenir par la main, se regarder dans les yeux du matin au soir ? Elle sait qu'il a renoncé à sa famille pour elle et son cœur se serre pour lui.

Colloques, cours, correction des copies, préparation, conférences, voyages, articles, livres… malgré tout, est-ce qu'une seule fois elle n'a pas préparé les repas ? Quand elle part, elle remplit le frigo et les placards. Ils ont tous du linge propre. Elle prend le petit déjeuner et le dîner (qu'elle prévoit !) avec eux. Ce n'est pas du féminisme primaire, mais n'a-t-elle pas le droit de faire un travail qui la passionne ? Que lui reproche ce Léonard ? Elle sait qu'il a toujours été patient, qu'il l'a toujours aidée avec la technologie, qu'il répare les pannes, qu'il lui fait ses comptes, qu'il la soutient. Quelle mouche l'a piqué de partir comme ça ?

Elle avait entendu Léonard au téléphone avant qu'il ne quitte la maison raconter à Marguerite que les enfants étaient sortis et qu'il était seul avec Lulu. Ou plutôt, qu'il était seul et que Lulu passait sa soirée avec son amant : l'ordinateur.

Elle repensera à tout cela quand elle aura fini cet article. Il faut bien qu'elle profite du reste de la journée.

Vexée/Annoyed

Annabelle suit Anatole chez leur père. Ce Samuel aurait pu lui dire qu'il avait autre chose à faire après le brunch. Elle avait imprimé des exercices pour lui : les verbes cueillir, naître, vaincre, l'indicatif, le subjonctif, l'impératif, le conditionnel. Il n'a aucune notion de grammaire ni de conjugaison, même en anglais !

Et quelque chose à faire avec Julie, de surcroît !

Dès son arrivée, Anatole se rue sur le frigo vide. Il n'a pas assez mangé ?!

Léonard n'est pas à la maison. Annabelle encourage son frère à lire le livre au programme : *Si c'était un homme.*

– Tu me le lis ?

Annabelle n'a pas pris ses devoirs avec elle et n'a jamais lu ce livre de Primo Levi.

– Tu en es où ?

– Tu as déjà lu 91 pages ? s'exclame-t-elle, connaissant bien la flemme de son frère.

– C'est papa qui m'en lit un peu tous les jours.

– C'est bien ?

– C'est le meilleur livre que j'aie jamais lu.

Sauf que ce n'est pas lui qui le lit, et qu'il n'a sans doute jamais lu un autre livre, pense Annabelle. Elle le sait, mais elle demande quand même, emportée par son âme de pédagogue :

– Ça parle de quoi ?

– C'est son histoire. Primo Levi a 24 ans, il est italien, juif et il lutte contre les Allemands et les fascistes. Quand il est capturé, on l'envoie dans un camp d'extermination en Pologne, à Auschwitz. Il y passe un an avant d'être libéré et il se rappelle de chaque détail. C'est incroyable.

– Okay, c'est toi qui me le lis.

– « La conviction que la vie a un but est profondément ancrée dans chaque fibre de l'homme, elle tient à la nature humaine. Les hommes libres donnent à ce but bien des noms différents, et s'interrogent inlassablement sur sa définition : mais pour nous la question est plus simple. Ici et maintenant, notre but, c'est d'arriver au printemps. »

Anatole lui lit, assez bien d'ailleurs, dix pages et puis Léonard arrive.

Grands-parents coquins/Naughty grandparents

Il pleut quand Marguerite et Charles sortent du brunch pour aller au cinéma. C'est Marguerite qui donne l'impulsion à la suite des événements. Elle y va à brûle-pourpoint :

– Si on prenait une petite chambre d'hôtel…

Elle n'avait jamais dit un truc pareil de toute sa vie et elle n'en croit pas ses oreilles.

– Sans bagage ? demande Charles, époustouflé.

– Nous avons bien assez de bagage ! Une vie de bagages !

Sans répondre, Charles entre dans le premier hôtel trois étoiles venu et demande une chambre. Lui non plus ne croit pas à cette journée.

– Nous avons maintenant la chambre. Qu'est-ce que nous pouvons bien y faire ?

Marguerite fait le tour de la chambre, soupèse les produits dans la salle de bains, essaie le lit.

– La sieste ?

– Et qu'est-ce que je vais dire à Samuel quand il me demandera comment était le film ?

– Nous avons vu un film coréen dont tu as oublié le titre qui parle d'un homme et d'une femme, plus très jeunes, la soixantaine bien entamée, qui n'ont pas le temps de se faire la cour pendant trois ans, qui ont tous les deux besoin des bras, des lèvres et de l'affection de base. Alors ils se mettent au lit car c'est la seule aventure possible. Un film presque porno que tu ne lui recommandes pas, mais un beau film. Un film sur la générosité de deux êtres qui sont prêts encore à donner tout ce qu'ils possèdent au fond d'eux-mêmes pour tenter l'expérience d'un dernier amour.

– Et le reste est classé X, dit Charles en enlevant sa cravate.

Quand ils se réveillent de leur « sieste », Charles propose de garder la chambre pour y retourner après un dîner dans un bon restaurant.

Marguerite téléphone à sa fille pour dire qu'elle ne rentre pas cette nuit.

– Maman, reviens immédiatement à la maison !

– Ma chérie, il arrive un jour où il faut faire confiance à ses parents. À demain.

La corvée d'Anatole/Anatole's task

Lire a toujours été la pire des corvées pour Anatole. Il la supporte à condition de lire à voix haute. L'activité devient un plaisir double car il voit et entend les mots en même temps. Et lire à deux double encore le jeu. Lire pour quelqu'un d'autre, éventuellement avoir un échange sur telle phrase ou telle page. En fait, Anatole n'aime rien faire seul.

Pour ses devoirs, il va chez son ami Bilgi, dans cette maison où un bruit de fond constant les accompagne pour les exercices de maths, le français ou aujourd'hui un exposé à deux en histoire. C'est Lulu qui a cherché les informations sur l'art antinazi. C'est Léonard qui s'occupera du PowerPoint. Les deux garçons, eux, ne font que parler, les cahiers et les livres ouverts sur la table de la cuisine, du dernier match ou du stage qu'ils sont censés faire en troisième.

Anatole trouve aussi le temps de regarder Dounia,

la sœur de Bilgi, qui est en quatrième. Il attend le moment du départ, quand elle lui fera deux bises, une sur chaque joue, et qu'il fera comme à chaque fois basculer son visage pour positionner ses lèvres sur les siennes.

Et pourquoi a-t-il encore faim ? Peut-être parce qu'une assiette de gâteaux turcs faits maison attend les deux intellectuels pour les encourager à bien travailler.

Des potins / Gossip

Dès qu'elle voit sa mère, encore devant son écran, Annabelle demande :

– Tu as fini ton article, maman ?

– Pas encore ! Je suis tellement contrariée par ta grand-mère !

– Qu'est-ce qu'elle a fait ?

– Des bêtises, je le crains ! Elle m'a téléphoné pour m'annoncer qu'elle ne rentrera pas ce soir.

– Qu'est-ce que cela veut dire ?

– Qu'elle reste avec le grand-père de Samuel ! Tu te rends compte !

– Mais c'est super ! C'est un assez beau mec pour son âge, tu ne trouves pas ? Et puis il parle français.

– C'est super qu'elle saute au lit avec le premier type venu ?

– Elle a été assez sage toute sa vie, elle a le droit de s'amuser un peu. Elle le mérite. Et puis elle ne va pas tomber enceinte ! J'ai du mal à imaginer cet homme si coincé avec mamie, mais il avait l'air de l'apprécier.

– Ça ne se fait pas ! Je n'arrive plus à travailler et je dois envoyer mon article ce soir.

– Sois heureuse pour ta mère et finis vite ton malheureux article. Et puis téléphone à papa et invite-le à dîner ici mercredi soir. J'aiderai à préparer le repas.

Sa mère semble ravie par cette proposition. Elle se remet à taper avec détermination.

Annabelle monte dans sa chambre et compose le numéro de portable de Samuel. C'est Julie qui répond.

– Salut, ça va ? Désolée de vous déranger mais tu peux me passer Samuel ?

– Hi !

– Tu sais où est ton grand-père ?

– Au cinoche ! (Samuel a vite appris l'argot.)

– Alors c'est un film qui dure toute la nuit, car mamie a averti ma mère qu'elle ne rentrera pas ce soir.

– Tu plaisantes !

– Je te jure. Maman est furieuse.

– Alors nous, on devient quoi dans cette histoire ? Cousins ? Frère et sœur ? Bravo, ta grand-mère a brisé le mur de glace ! C'est une bonne nouvelle.

– Pas pour ma mère !

– Et pour toi ?

– Tout bonheur est bon à prendre.

– C'est mon avis aussi.

– Je te laisse alors au tien. À demain. C'était chouette, ce brunch. Cher mais délicieux.

– Grand-père était heureux. Il est coincé mais généreux. Enfin, il a de quoi l'être. Je t'inviterai là-bas avec mon premier salaire.

– Marché conclu !

Léonard préfère sa propre femme/
Léonard prefers his own wife

Léonard se rend compte lors du déjeuner avec Marianne qu'il n'aime ni le son de sa voix ni ce qu'elle raconte. S'il n'a rien contre la façon dont elle touche son genou et sa cuisse, il n'est pas en accord avec sa couleur politique, sa philosophie de la vie, sa sociologie urbaine, son idée de la mode, sa psychologie, sa manière d'élever ses enfants, son discours au vitriol sur son ex-mari, son compte rendu sur ses dernières vacances, une croisière en Méditerranée. Si elle est assez mignonne, elle a quand même tout pour lui déplaire, et en plus il s'ennuie à mourir avec elle.

Sa femme, la femme de sa vie, l'emmerde, mais elle ne l'a jamais ennuyé. C'est l'être le plus rare qu'il ait rencontré, elle est intelligente, logique, énergique et aimante à ses moments. Au début, elle lui a tapé dans l'œil par sa grande beauté, son corps de déesse, son visage aux traits parfaits, ses grands yeux sombres. Il l'a invitée à danser et à cet instant il y a eu des flammes. Puis, contrairement à cette Marianne, il a aimé sa façon de penser, sa vision de la vie, sa discipline (qui est depuis devenue une tare), son courage. Et sa façon d'être une mère, sa manière de leur donner ce cadeau : l'autonomie et la confiance.

Ce n'était pas le choix de la facilité car Léonard est juif, d'une famille traditionaliste. Toute sa vie, le seul message de sa mère a été : « Ne m'amène surtout pas une *shiksa* à la maison. » Une shiksa, c'est une femme non juive. Ses parents avaient beaucoup d'ambitions pour leur fils unique, et le marier à une juive, même une mégère épouvantable, bête et méchante, était tout en haut de la liste. Quand Léonard a déclaré son amour et son intention d'épouser Lulu Decroix, ses parents ont tout fait pour l'en dissuader, jusqu'à lui offrir une somme d'argent. Pour eux, ce n'était tout simplement pas envisageable, et non, ils ne voulaient pas la rencontrer.

C'est Marguerite qui a organisé le mariage dans son restaurant et dans une mairie minuscule. Aucun membre de la famille Kvell n'a accepté de venir. Léonard a été triste et en même temps heureux de son choix. Sa famille avait fait le sien. Eux, ils ont dit la prière pour les morts, enterrant symboliquement leur fils après son mariage.

Ce n'est pas que Léonard n'aime pas ses parents, c'est qu'il aime Lulu d'un amour absolu. Quand il pense à sa mère et à son père, il se sent coupable et malheureux, mais il n'y a pas de guérison miracle pour la stupidité. Il leur téléphone de temps en temps pour vérifier si leur cœur n'a pas changé. On lui raccroche au nez. Il a envoyé des faire-part à la naissance d'Annabelle et d'Anatole. Il ne sait pas si les photos qu'il glisse dans leur boîte aux lettres sont regardées ou vont directement à la poubelle. Ils se sont privés de leurs glorieux petits-enfants. Mais Léonard les comprend aussi : ils sont des survivants de la Shoah et il sait qu'ils pensent que le mariage mixte signe la fin du peuple juif.

Il a donc renoncé à sa famille pour Lulu.

Il décide de lui téléphoner le soir même pour recoller les pots cassés.

Quelle est sa surprise quand son portable sonne à minuit et qu'il voit le numéro de sa stakhanoviste préférée !

– Léonard, j'ai fini l'article !

– Ce n'est pas la première fois que tu me donnes une si bonne nouvelle !

– Je sais que c'est dur de vivre avec moi.

– C'est peut-être encore plus dur de vivre sans toi !

– Annabelle voulait que je t'invite à dîner chez nous mais je préfère t'inviter au restaurant thaï que nous aimons tant.

– Rue Mandar ? Quel jour ?

– Mercredi soir à 20 h 30 ?

– Avec plaisir !

– Je ferai la réservation. Tu me manques !

– Toi aussi. Je t'aime, tu sais...

– Moi aussi je t'aime.

Léonard est content de cette invitation inespérée. Pour parfaire son bonheur, il repense à son vieux rêve, revoir ses parents et les présenter à sa femme et à ses enfants.

Le devoir de philosophie/Philosophy homework

Si Samuel comprend de mieux en mieux le français, il ne participe pas autant en cours de philosophie qu'en cours de maths. Quand la prof leur demande de faire un exposé à deux, Samuel regarde Annabelle et lui fait signe : toi et moi ? Annabelle accepte, car de toute façon elle est payée pour.

Un de leurs thèmes cette année est l'art.

– L'exposé, c'est une pub pour encourager vos semblables à aller au musée. Qui est déjà allé au musée ?

Toutes les mains se lèvent.

– Qui y est allé cette année ?

Aucune main ne se lève.

– Quand y êtes-vous allés pour la dernière fois ?

– Avec ma classe de CE2, dit Raphaël.

– Alors la première chose à faire est d'aller dans un musée parisien puis de convaincre les autres par vos exposés et votre enthousiasme contagieux de s'y rendre eux aussi. Vous pouvez, par exemple, choisir un tableau et le présenter aux autres.

Annabelle chuchote à Samuel :

– Il y a une nocturne ce soir, on y va ?

– À vos ordres !

Il n'y a pas de queue, c'est gratuit pour les moins de dix-huit ans, et ils se trouvent rapidement à l'intérieur de l'impressionnant musée d'Orsay.

– Je propose que nous allions voir un seul peintre ce soir, dit Samuel, un des rares élèves de la classe qui va régulièrement aux musées.

– Qui ?

– Disons... Van Gogh, je suis fasciné par son destin...

– Qui est ?

– D'être le peintre le plus cher et le plus coté du monde longtemps après sa mort, après une existence passée dans la pauvreté et le désespoir.

– Je te suis...

En route, ils sont attirés par le tableau de Gustave Courbet d'une femme nue, totalement nue avec un gros plan assez cru sur son anatomie intime. Ce qui les étonne encore plus est le couple enlacé devant, en train de s'embrasser. Le titre du tableau est *L'Origine du monde*.

– Tu as vu ce que j'ai vu ?

– Pas possible ! Je n'aurais jamais imaginé mon grand-père capable d'une chose pareille.

– Et ma grand-mère a prolongé son séjour à Paris en dépit de son restaurant qui a toujours été sa priorité.

– On va leur dire bonjour ?

– Non !

– Trop tard, ils nous ont vus.

Son grand-père, sans aucune gêne, se dirige vers eux main dans la main avec Marguerite.

– Je suis heureux de voir que vous visitez les musées !

– Et je suis heureux de te savoir en si bonne compagnie, dit Samuel.

– Voulez-vous dîner avec nous au restaurant du musée ?

Samuel regarde Annabelle qui fait oui de la tête.

– Nous sommes ici en mission pour l'école. On allait juste voir les Van Gogh, on vous rejoint ?

– Nous venons les voir avec vous.

Ils choisissent pour leur exposé un autoportrait de Vincent Van Gogh et une omelette aux truffes dans le restaurant grandiose du musée.

– Il faudrait venir plus souvent ! dit Samuel.

Le dilemme de Lulu/Lulu's dilemma

Lulu fait avec bonheur la réservation au restaurant. Une fois son article expédié d'un clic, ses pensées vont vers Léonard. C'est sûr, quelque chose lui manque, mais quel plaisir de pouvoir travailler au cœur de la nuit sans culpabilité, sans interruption, sans pression. Si seulement elle pouvait lui faire comprendre ce bouillonnement en elle, ce désir impératif de progresser dans son domaine, de capter le cœur du problème, de creuser les idées abstraites et complexes, le mystère. Est-ce que cela doit exclure la vie amoureuse, la vie de famille ?

Léonard fut un coup de foudre calme, lors d'une soirée chez des amis à Boston. Il y faisait un MBA financé par son entreprise et elle enseignait à Harvard. Il était plus âgé de quinze ans, elle savait que ses parents n'allaient pas bien accepter cette différence d'âge. Quant à sa religion, ils s'en moqueraient. Elle venait d'une famille laïque. Elle aussi s'était battue pour son amour. Est-elle prête à se battre encore ?

Elle mène son combat en allant chez le coiffeur, en achetant une robe sensationnelle pour être toute neuve pour lui, et un peu neuve pour elle-même.

Le téléphone sonne, elle est sûre que c'est Léonard qui l'appelle, mais une voix annonce : « Son Excellence l'ambassadeur Sydney Shelbert. »

– Ce n'est pas une convocation, seulement une invitation que tu peux refuser si tu veux. J'organise une réception pour le président des États-Unis, à Paris cette semaine. Veux-tu le rencontrer ? J'invite aussi Annabelle et Anatole, selon les ordres de Samuel.

– À quelle heure et quel jour ?

– Mercredi soir.

Au revoir Léonard. Elle n'ose pas demander si elle peut amener un ami.

Un ami ? Plus qu'un ami ! Un mari aimant et aimé, père de ses enfants superbes. Un mari qui va être très déçu.

Elle lui laisse un message : « Léonard, je suis désolée. J'annule notre dîner de mercredi soir. J'ai eu une meilleure offre : passer la soirée avec le président des États-Unis ! Pouvons-nous remettre notre rendez-vous à vendredi soir ? »

C'est seulement en raccrochant que Lulu se rappelle que vendredi soir elle a un colloque.

Les projets de Marguerite/Marguerite's projects

– Tu n'y vas pas un peu trop vite, maman ?

– Et toi, quand tu as rencontré Léonard, tu as mis combien de temps pour savoir ?

– Mais j'étais jeune !

– On est toujours jeune quand on est amoureux !

Lulu ne sait pas quoi répondre, elle sait seulement qu'elle désapprouve.

– Ce Charles est tellement rigide, vous n'allez pas du tout ensemble.

– Je sais l'assouplir. Il a déjà fait du chemin. Il apprend vite.

– Mais vous voulez vous marier ?

– Ce n'est pas à l'ordre du jour. Pour l'instant, il va vivre avec moi. On vivra dans le péché !

– Vivre dans le péché au restaurant ?

– Tu sais ? Il fait très bien la cuisine et c'est un fin connaisseur.

– Tu vas le faire travailler ?

– Je vais lui apprendre tout ce que je sais. Il veut bien être mon apprenti.

– Jamais il ne tiendra le coup.

– Tu paries ?

– Quand partez-vous ?

– Le lendemain de la réception avec le président. Tu te rends compte, je vais rencontrer le président des États-Unis. Heureusement que ce n'est pas le dernier, que je n'aimais pas ! Celui-ci, je l'adore.

– J'y serai aussi, maman. Avec les enfants.

– Alors tâche de mieux faire connaissance avec mon Charly.

– « Mon Charly », oh, que tu es mièvre, maman !

– Oh, comme c'est bien d'être mièvre ! Avoue que j'ai été assez sage dans ma vie.

– Et moi aussi !

– Il est temps qu'on se dévergonde.

Anatole frime / Anatole shows off

Le père d'Anatole est rarement de mauvaise humeur, mais aujourd'hui il est d'une humeur exécrable.

– Mais papa, je vais rencontrer le président des États-Unis, tu ne trouves pas ça extra ?

– Je suis jaloux. Pourquoi pas moi ?

Anatole s'éclipse pour téléphoner à Samuel.

– Tu penses qu'il serait possible que je vienne avec papa ?

– Je vais voir. Je te rappelle.

Quelques minutes après, Samuel lui donne une réponse positive. Maintenant Anatole regrette de ne pas avoir demandé pour Bilgi, et pourquoi pas Dounia. Et son prof d'anglais. Personne ne va jamais le croire.

– Papa, tu peux venir avec moi. Samuel t'invite.

– Waouh ! Mais toutes mes cravates se trouvent dans l'autre maison.

– L'occasion mérite une cravate neuve. Habille-toi, nous achèterons une cravate sur le trajet.

– Merci, tu es un ami pour moi, un frère, un fils !

– Et toi un ami, un père, mais pas un cuisinier !

La réception/The cocktail party

La bonne humeur de Léonard disparaît dès qu'il aperçoit sa femme en compagnie d'un homme grand et élégant, affichant une complicité qui frise l'intimité. Annuler leur rendez-vous pour un président des États-Unis, soit, mais pour ce dégingandé d'Amerloque ? Anatole lui en a parlé… plutôt en bien, mais il n'a rien dit sur une amitié – ou plus ! – entre cet homme et Lulu.

Lulu est belle, vêtue d'une robe inconnue. Annabelle est éblouissante, perchée sur des hauts talons, plutôt des échasses, à côté d'un autre dégingandé, Samuel. À ses côtés, elle peut se permettre de se grandir.

Quand Lulu aperçoit Léonard, elle lui adresse son plus grand sourire. Plus encore, elle se dirige vers lui en compagnie de l'ambassadeur. Fièrement, elle dit :

– Sydney, je te présente mon mari Léonard, le

père d'Annabelle et d'Anatole. Léonard, Son Excellence l'ambassadeur des États-Unis, Sydney Shelbert.

L'ambassadeur est déconcerté par la présence soudaine du mari de cette femme convoitée. Mais un diplomate sait cacher ses émotions, ça fait partie de son travail.

Et où est le président dans tout ça ? Il y a quelques centaines de personnes réunies. Parmi elles, Marguerite et son visage amical. Léonard se rue vers elle, mais la voilà à côté d'un autre dégingandé.

– Je rêve ou quoi ? demande Léonard à Anatole.

– Tu ne rêves pas, le voilà !

« Son Excellence, le président des États-Unis d'Amérique », annonce un homme en uniforme. Et entre encore un dégingandé, seulement, cette fois, avec un grand sourire blanc sur un visage noir.

Les trois autres dégingandés l'entourent et le conduisent vers Annabelle et compagnie. Léonard ne perd pas le nord, il sort son téléphone et le photographie avec ses enfants, sa femme, et finalement avec lui-même. La plus belle photo est celle avec le président entouré de Samuel et d'Annabelle, presque un portrait de mariés.

Annabelle l'autoritaire/Bossy Annabelle

Après la réception, toute la semaine est consacrée à l'exposé. Samuel devait écrire une partie du texte.

– Écoute, je l'ai écrit mais en anglais. Tu peux le traduire ?

– Je traduirai, mais c'est toi qui vas le lire.

– D'accord.

– D'abord nous parlerons de notre visite au musée, y compris du restaurant, et puis de notre choix : Van Gogh, sa souffrance, ses doutes, et du tableau que nous présentons. Pourquoi un autoportrait ? J'ai trouvé deux extraits de lettres. D'abord à sa sœur : « Je recherche une ressemblance plus profonde que celle qu'obtient le photographe. » Et plus tard à son frère : « On dit, et je le crois volontiers, qu'il est difficile de se connaître soi-même. Mais il n'est pas aisé non plus de se peindre soi-même. Les portraits peints par Rembrandt, c'est plus que la nature, ça tient de la révélation. »

Annabelle sait qu'elle est directive, mais elle est ainsi. Si on doit faire quelque chose, autant bien le faire, non ? Et quand elle lit le texte de Samuel, elle sait qu'elle a affaire à une grande intelligence. Elle le traduit avec une admiration grandissante.

Ils veulent accompagner la lecture de musique. Puisque Samuel ne peut pas transporter son piano, Annabelle va jouer du violoncelle. Elle laisse passer trois rames de métro, trop bondées, pour éviter d'écraser son instrument chéri.

Ils ont de la chance d'être les premiers à passer, avant que l'attention ne se disperse. La classe est donc tout oreilles. Annabelle accroche la reproduction du tableau au mur et lit l'introduction, puis elle s'installe avec le violoncelle et Samuel explique pourquoi les artistes sont des héros, des troubadours du pinceau, des précurseurs, des pionniers, incitant la classe à aller découvrir leurs traces sur la civilisation. Samuel lit bien, même si son accent stupide lui colle à la langue.

«Toi aussi, tu es un homme paléolithique qui vit au XXIe siècle ! Tu sors la nuit avec ton groupe de chasseurs. Tu quittes ta maison douillette, ta couette, tes parents qui dorment, emmitouflé dans la capuche de ta sueur rejoindre les copains avec des bombes à peinture à la recherche d'un lieu extrême : un mur voûté du métro, le wagon d'un train de banlieue au repos dans une gare, le portail de ton lycée, une falaise, un pont. Plus c'est dangereux, plus c'est exposé, plus c'est difficile, plus tu es heureux !

« Comme l'homme préhistorique, tu veux laisser ta marque, une trace de ton existence, tu veux apporter la preuve que tu es vivant, tu veux prendre des risques. Tu es un artiste ! L'artiste est un homme/une femme qui a le courage de laisser son empreinte, d'estampiller une surface de ses tripes, d'éclabousser une page des éclats de son cerveau. Parce qu'il faut du courage, il faut s'exposer, il faut se révéler, se mettre à nu, s'ouvrir à des critiques, des jugements, au regard des autres.

« Toi, tu surfes sur Facebook en essayant d'attirer le plus d'"amis", d'être au centre d'un monde quelconque, tu affiches tes photos, tes phrases, tes coordonnées. Tu fais défiler ta vie devant des inconnus. Tu cries sans crier : "Regardez moi !" Tu te bats pour exister. Tu existes. L'homme a toujours cherché à se réunir. Il racontait des histoires autour du feu, comme toi sur le Net.

« Tu chahutes en classe avec les autres hurluberlus, histoire de ne pas être témoin passif d'une journée d'ennui. C'est difficile d'écouter, c'est peut-être la chose la plus difficile. La preuve : il y a peu de gens qui écoutent. Tu noies la monotonie avec des écouteurs dans tes oreilles, ta vie entière reliée à des fils électroniques. Tu t'actives, immobile, en tapant des codes sur ton portable. Tu le fais vite, avec maîtrise. La technologie n'a pas de secrets pour toi.

« Et si tu te détachais quelques heures des fils qui te relient à une dépendance sans nirvana ? Pourquoi ne pas ouvrir les yeux pour voir les merveilles du monde et des musées ? Je te promets une récompense.

« Et tous ces trésors sont à toi après tout, puisque ta famille paie des impôts qui aident à recouvrir les murs des musées. Alors profites-en ! Vas-y ! »

Il y a des applaudissements, mais il y a surtout l'étonnement et la satisfaction de leur prof, heureuse d'être prise au sérieux. Pour la première fois, Annabelle est confiante : Samuel décrochera ce bac. Il a deux atouts : il est véritablement intelligent et il travaille. Un peu comme elle ?

La belle Julie/Beautiful Julie

Tout le monde sait maintenant que Samuel est le fils de l'ambassadeur des États-Unis, qu'Annabelle, la veinarde, a rencontré le président, mais surtout que ce garçon bien élevé est sympathique et chaleureux avec tout le monde. Diplomate de naissance ? Il n'y a pas seulement Julie... toutes les filles sont amoureuses de Samuel, surtout depuis qu'il commence à faire de l'humour en français.

À voir Samuel et Annabelle toujours fourrés ensemble, Julie est très jalouse, bien qu'Annabelle ne soit pas possessive. Elle se considère comme son amie et son soutien scolaire, un rôle qu'elle aime bien et qu'elle tient consciencieusement.

Pourquoi, se demande Julie, n'était-elle pas invitée à la réception ? C'est elle qui sort avec Samuel, qui touche ses lèvres et qui se laisse caresser.

Elle peut aussi bien le faire travailler qu'Annabelle.

Elle ne comprend pas leur attachement l'un pour l'autre. Et elle n'en est pas heureuse.

Si elle était une sorcière, elle ne jetterait pas un sort pour faire disparaître Annabelle. Elle aimerait juste qu'elle tombe malade et s'éclipse, le temps qu'elle trouve fermement sa place dans le cœur de Samuel.

Mais Samuel a l'air embarrassé quand, après la classe, Julie s'accroche à son bras avec ses dix doigts vernis et qu'Annabelle disparaît avec son violoncelle dans le long couloir du lycée.

– Tu viens dîner chez moi, ce soir ? Mes parents sont en voyage.

Samuel, qui a du mal avec le non, dit « d'accord », mais le cœur n'y est pas.

Samuel est abasourdi/Samuel's in a daze

Annabelle a tout simplement disparu et Samuel n'arrive pas à la joindre, ni par mail, ni par SMS, ni à son domicile.

Est-ce qu'elle s'est sentie exclue quand cette vampirette de Julie a pris son bras ? Est-ce qu'elle est blessée qu'il l'ait laissée tomber après tout ce travail fait ensemble ? Il ne l'a pas remerciée et n'a pas non plus partagé la gloire et les félicitations avec elle. C'est évident que leur exposé était le meilleur. Et c'est évident aussi que sans Annabelle…

Il comptait sur l'interro de physique pour la coincer et s'excuser. Mais elle n'est pas venue, et c'est juste incroyable. Pour rien au monde Annabelle ne serait absente à un examen aussi important. Il essaie le portable d'Anatole et laisse un message : « Où est Annabelle ? Very worried ! Call me ! »

Julie est ravie, comme si elle découvrait des pouvoirs inconnus jusque-là. Cela dit, Samuel l'évite. Il n'a pas aimé qu'elle le piège à ce dîner, commandé chez un mauvais chinois. Et il n'a surtout pas apprécié qu'elle dise du mal d'Annabelle. Elle est supposée être son amie.

Grand-père Charles est parti avec Marguerite, il a connu une ascension sociale fulgurante de diplomate à deuxième chef, ou plutôt d'une fleur desséchée à un rouleau de printemps. Samuel essaie aussi son portable sans succès. Grand-père a changé son message : «Vous pouvez me laisser un message ou un bisou.» Jamais son grand-père n'aurait dit cela avant. Il est certainement sous une influence… bénéfique ?

Il n'a pas les numéros de portable de Lulu ou de Léonard, mais peut-être son père les a-t-il.

Samuel est dans tous ses états. Surtout qu'Annabelle est absente en cours le lendemain aussi.

Marguerite et Charles sur un nuage/ Marguerite and Charles on a cloud nine

Charles trouve que tout dans ce village est « quaint », pittoresque, et a un charme vieillot. Mais en fait, tout ce qu'il voit, c'est cette femme qui lui apporte chaleur et tendresse. Il passe son temps à couper finement les ingrédients et essaie d'imiter chaque geste dans le ballet de la cuisine. En même temps, il tente d'attribuer son nom anglais à chaque légume, car ni Marguerite ni Antoine, son assistant, ne parlent anglais. Mais comment dire « chayote » en anglais ?

La vieille ferme que Marguerite et son mari ont aménagée en maison et restaurant, Decroix et la Bannière, n'est pas, de l'avis de Charles, assez élégante pour gagner une étoile supplémentaire. Ses conseils pour améliorer l'endroit sont bien reçus. Ils vont d'ailleurs aller choisir de nouvelles chaises et du linge de table, comme de jeunes mariés.

Charles baigne avec bonheur dans l'intimité de sa nouvelle vie de couple, car sa femme, tout comme la mère de Samuel et tout comme sa propre mère, est morte jeune, après la naissance de son bébé. C'est la malédiction de la famille Shelbert. Sydney, comme Samuel et comme lui-même ont été élevés par un père occupé à faire carrière dans la diplomatie, déplaçant sa progéniture de pays en pays sans l'amour et le dévouement d'une femme, mais avec l'affection de plusieurs femmes qui partageaient le temps de chaque mission.

Marguerite, comme Charles, prend ce qui arrive comme un miracle. L'amour est toujours un miracle. Ils se félicitent d'avoir accepté ce cadeau du ciel sans réserves, naturellement. Cette bénédiction, qui arrive au moment de la retraite de Charles, lui offre une autre vie. Il ne se savait pas capable d'une telle souplesse. Si son fils est étonné, lui l'est encore plus. Il a l'intention de faire visiter son Amérique à Marguerite qui n'a jamais voyagé, une fois qu'elle aura gagné sa deuxième étoile et qu'elle aura vendu le restaurant à Antoine.

Charles est tellement reconnaissant à cette femme qui a foncé sur lui, sans respecter le protocole « diplomatique ». Elle a vraiment fait une bonne action en le secouant et en bousculant sa réserve. Il boit du petit-lait au miel à chaque instant. Il aime la vie de la cuisine, la vie dans la salle, la clientèle, et cette Marguerite, adorable bien qu'autoritaire. Il n'y a pas le moindre nuage à l'horizon de ce bonheur récemment gagné.

Et puis le téléphone sonne.

Anatole et ses papillons au ventre/ Anatole and the butterflies in his stomach

Marguerite a laissé un message bizarre à Anatole. Samuel aussi.

Anatole n'arrive à joindre ni sa mère, ni son père, ni Annabelle. Il n'y a personne chez son père, personne chez sa mère, et les deux frigos sont vides. Il va chez Bilgi… « pour travailler ». Il y a toujours à manger chez eux.

Il est normal que sa mère soit introuvable, elle débranche toujours son portable pendant les réunions et les cours. En ce qui concerne son père et Annabelle, c'est plus inquiétant. Ils répondent toujours dès la première sonnerie. Anatole ne rappelle pas Samuel parce qu'il ne sait pas quoi dire.

Il y a un étrange va-et-vient de papillons dans son estomac.

Bilgi est en train d'aider Dounia à faire un problème de maths, sans trouver la solution. Anatole, appelé à la rescousse, résout le problème en un clin d'œil. Il est bon en maths, sans trop se fatiguer.

Cette fois, Dounia l'embrasse chaleureusement. Et, pendant un instant, Anatole songe à son mariage avec une fille si belle qui sait faire les cornes de gazelle. « Ce sera drôle, pense-t-il, si je me marie avec Dounia, nos enfants réuniront les trois religions majeures de l'Occident. Ils seront chrétiens, juifs et musulmans.» Il ne pense pas souvent à la religion, mais là ça le frappe.

Les cornes de gazelle sont une bonne récompense pour son intervention de superman matheux. Il ne se retient pas. Ça calme sa faim aussi bien que les papillons.

Léonard, papa efficace/Léonard, efficient father

– Papa, viens vite. Je suis en face de la gare Saint-Lazare.

Annabelle sait au moins à qui téléphoner.

– Qu'est-ce qu'il y a ? Qu'est-ce que tu as ?

– Il faut m'emmener tout de suite aux urgences. J'ai mal, horriblement mal. Je pense que je vais mourir.

– Je vais chercher la voiture et j'arrive. Es-tu assise ?

– Oui, sur le banc de l'Abribus avec mon violoncelle !

Elle peut à peine parler, sa voix est étouffée par les larmes.

Pour aller plus vite, Léonard a fait le chemin en métro, puis ils prennent un taxi pour l'hôpital.

D'abord, le médecin urgentiste de l'hôpital Necker dit :

– Ce n'est rien, un simple mal au ventre.

Il lui donne un calmant et la renvoie à la maison.

Léonard sait que sa fille panique quand elle a mal. Ils rentrent chez lui. Pas question de faire ses devoirs. Ça lui déchire les viscères. Elle a des douleurs abdominales de plus en plus intenses, elle est tétanisée, ne peut pas bouger. Sa température monte en flèche.

Quand elle se met à vomir, Léonard l'emmène de nouveau aux urgences.

Un autre urgentiste reconnaît les symptômes de l'appendicite qu'il faut opérer de suite. Il n'a pas de place dans son hôpital, alors il appelle une ambulance pour l'amener à l'hôpital Robert-Debré. Mais avec les sirènes, la circulation de Paris, les freinages abrupts, le mal d'Annabelle devient insoutenable.

Elle est opérée sur-le-champ. Léonard téléphone à Anatole pour lui dire de le rejoindre à l'hôpital. Lulu est toujours injoignable, hors d'atteinte. Ça la décrit parfaitement. Elle a annulé trois rendez-vous qu'elle avait fixés la semaine dernière et il est sur le point de renoncer. Cette fois, secondé par le message qu'il a laissé sur son répondeur, il est sûr de la voir un de ces quatre. Il aurait aimé d'autres circonstances.

Anatole arrive en courant, ses longs, trop longs cheveux bouclés en pagaille. Tout le monde voudrait lui faire couper les cheveux, mais il résiste. Et pour compléter le portrait de famille sur les bancs de l'hôpital, Lulu arrive, elle aussi échevelée et paniquée. Elle se laisse tomber dans les bras de Léonard et pleure.

– Ça fait combien de temps qu'on l'opère ?

Léonard lui fait un compte rendu, à partir du coup de fil d'Annabelle.

– Vous pouvez rentrer, je resterai auprès d'elle cette nuit, dit Lulu.

– On va attendre le médecin.

Le temps est bizarre, on le sait, ça va trop vite quand on s'amuse et trop lentement quand on attend. Quand on attend dans l'angoisse, chaque minute dure une heure. Ils ne peuvent pas se parler, ne peuvent pas lire, ne peuvent pas tenir en place.

À la fin de ce qui semble avoir duré trois siècles, un homme habillé en vert vient les voir.

– L'appendice était massivement infecté. C'est un travail long et délicat de l'enlever.

Léonard se retient de dire que, si son collègue de Necker avait fait un bon diagnostic au départ, l'appendice n'aurait pas eu le temps de tant s'infecter. Il se contente d'un « Comment va-t-elle ? » angoissé.

– Elle va rester cette nuit en soins intensifs.

– Je resterai avec elle, propose Lulu.

– Vous ne pouvez rien faire pour elle cette nuit. Elle dort. Revenez demain matin.

– Je veux la voir quand même.

Annabelle dort profondément. Lulu lui laisse un mot, lui disant qu'ils sont présents et lui demandant d'appeler dès qu'elle se réveille.

À Léonard et Anatole, Lulu dit :

– Restez avec moi à la maison cette nuit. Et puis restez encore et toujours. Nous sommes une famille, nous nous aimons. Il faut me prendre comme je suis, mais je vous promets de faire des efforts.

Samuel tourne en rond/
Samuel turns around in circles

Personne ne l'appelle et Samuel devient fou. Il a vécu sa vie en solitaire, sans se sentir concerné malheureusement par qui que ce soit, hormis son père qui ne lui causait pas de souci. Annabelle est une toute nouvelle expérience pour lui. Il souffre de ne pas l'avoir à ses côtés en train de lui dire quel pied mettre devant l'autre.

Quand son grand-père répond enfin, il apprend qu'il est en route avec Marguerite vers Paris pour rejoindre sa famille en pleine crise. Annabelle a subi une appendicectomie, mais il y a des complications, une septicémie.

Samuel contacte son ami Google, qui lui explique l'origine, l'évolution et le traitement de cette infection généralisée à tout l'organisme. Le seul mot qu'il retient est « fatal », qui réussit à mettre en pièces ses nerfs brisés.

Samuel se met à son piano, mais n'arrive pas à jouer. Alors, d'un geste rare, faute de mieux, il allume la télé. Il est bouleversé par un reportage sur des chômeurs obligés de fouiller dans les poubelles pour parvenir à se nourrir. Il a subitement honte de vivre dans sa bulle, loin des réalités de la vie. C'est bien beau d'aller à l'école, d'étudier, de rêver, mais ne serait-ce pas mieux d'agir ?

Un autre reportage parle de la solitude pesante des personnes âgées vivant en ville. La télé, contrairement à ce qu'il a toujours pensé, n'est pas complètement nulle. Elle peut informer et donner des idées.

Quand il l'éteint, ses pensées retournent à Annabelle. Est-ce qu'elle souffre ? Quand reviendra-t-elle au lycée ? De quoi aura-t-elle besoin à l'hôpital ?

Dans la tête d'Annabelle/In Annabelle's head

Tout est blanc autour d'Annabelle. Elle se réveille lentement d'un sommeil aussi profond qu'un puits sans fond, ou peut-être de la mort. Elle essaie de bouger ses orteils, loin, si loin à l'extrémité de son corps. Elle aimerait aller aux toilettes, mais cela s'avère impossible. Sa tête lourde comme du plomb est ancrée dans ce lit à barreaux. Il n'y a que son cerveau qui semble être en état de marche avec ses questions : « Qui suis-je ? Où suis-je ? Où vais-je ? » Et puis : « Mon Dieu ! L'interro de physique ! Les exercices de maths ! Le devoir de français ! Et Samuel ? Comment va-t-il se débrouiller seul ? »

Justement, dans ce brouillard blanc autour de son île, dans les nuages et les vapes, elle entrevoit Samuel les bras chargés de paquets.

Ils sont tous les deux immobiles, paralysés, Annabelle encerclée par un anneau de barbe à papa et

Samuel par le choc de découvrir son amie hier encore si bien portante aujourd'hui dans une chambre d'hôpital.

Même si elle pouvait parler, elle ne saurait pas quoi dire. Ou, peut-être : « Quel jour sommes-nous ? Est-ce que je n'ai pas raté un examen ? »

L'infirmière demande à Samuel de sortir de la chambre pour qu'elle puisse faire la toilette d'Annabelle. Elle demande à celle-ci de faire le tour du lit et de s'asseoir. Petit à petit, Annabelle revient à la vie.

– Tu es sortie de l'auberge, finis les soins intensifs. Ta température est en baisse, ce qui veut dire que l'infection s'éloigne. Tu es déjà sur pied. Je fais revenir ton beau jules ?

– C'est un copain de classe, se surprend-elle à expliquer à l'infirmière.

– Les copains peuvent devenir des jules.

– C'est très bien comme ça. Un ami est précieux.

D'un geste de la main, une drôle de révérence, l'infirmière invite Samuel à entrer comme un prince des temps anciens. Il est toujours encombré d'un nombre exagéré de paquets.

– Tu as dévalisé un magasin ?

– Il faut toujours apporter de bonnes choses à des malades. Ils ne peuvent pas aller en acheter eux-mêmes.

Trop faible pour apprécier quoi que ce soit, Annabelle reconnaît le geste. Il lui tend un paquet du magasin de la place des Victoires.

– Ouvre pour moi, demande Annabelle.

Gêné, il lui montre la chemise de nuit quasi transparente que la vendeuse a conseillée.

– Tu n'aimes pas la mode Robert-Debré ? Elle aurait aimé se lever et marcher comme un top-modèle.

– J'aime surtout la fente derrière qui révèle tout.

– Mais je suis assise.

– J'ai vu quand même. J'ai regardé quand tu t'es levée.

Elle prend la chemise de nuit terriblement sexy et dit :

– Je la garderai pour notre lune de miel.

Il lui offre les CD. Ce sont les suites de Bach pour violoncelle qu'elle a jouées lors de l'exposé. C'était il y a deux jours !

– Tu as bien fait. Je pense que Rostropovitch risque de les jouer mieux que moi !

– C'est une possibilité.

– Monsieur Père Noël, ça valait la peine de presque mourir.

– Je suis tellement content que tu ne sois pas morte.

– Un autre.

Tous ces cadeaux lui donnent de la force. Elle soupèse un nouveau paquet qui a une forme bizarre.

– C'est quoi ?

– Devine.

– À manger ?

– Si tu oses.

– Pas très faim.

– Un autre jour.

– Du beurre de cacahuètes ?

– Il faut commencer à éduquer ton goût.

– Ce n'est pas le moment.

Il lui tend un autre sac lourd.

– Je n'étais pas sûr que tu apprécierais le précédent.

– Waouh ! Un pot géant de Nutella. Il va falloir le cacher pour qu'Anatole ne le trouve pas.

– Sois charitable. Il y en a assez pour vous deux.

– Même pour trois. Un autre ?

Elle déchire l'enveloppe des DVD.

– Saison 1 des *Gilmore Girls*, annonce-t-il. Tu connais ?

– Joséphine m'en a parlé. Ne pense pas que tu vas me détourner de mon droit chemin : te faire travailler !

– On les regardera ensemble.

– En français.

– Pas question. À chaque chose sa saison. Le français en français et l'anglais en VO. Voici le dernier.

– Déjà ?

– Vas-y. Ouvre.

– La Bible ?

– C'était dur de trouver quelque chose que tu n'as pas déjà lu.

– Comment tu sais que je ne l'ai pas déjà lue ?

– L'as-tu déjà lue ?

– On n'est pas religieux.

– Mais la Bible est un beau livre plein de mythes et de légendes. Ce n'est pas forcément religieux.

– Alors lis-le-moi.

– Tu veux quoi ? Noé, Abraham, Moïse, Joseph.

– Commence par le début…

Avec son accent, c'est bien mieux :

– Au commencement, Dieu créa les cieux et la terre. La terre était informe et vide ; il y avait des ténèbres à la surface de l'abîme, et l'esprit de Dieu se mouvait au-dessus des eaux. Dieu dit : « Que la lumière soit. » Et la lumière fut. Dieu vit que la lumière était bonne ; et Dieu sépara la lumière d'avec les ténèbres. Dieu appela la lumière « jour » et il appela les ténèbres « nuit ». Ainsi, il y eut un soir, et il y eut un matin : ce fut le premier jour.

Marguerite, qui entre sur la pointe des pieds avec son nouvel éternel Charly, prend peur.

– Arrête tout de suite ! Elle n'est pas encore morte !

– Où est le mal ?

– C'est quand on est à l'article de la mort qu'on fait venir le prêtre.

– Mais c'est seulement de la littérature.

– C'est beau, mamie. Samuel lit pour parfaire ma culture.

– Et comment tu te sens, ma fleur de courgette farcie ?

– Comme un chou de Bruxelles à l'eau de Javel.

– Ma pauvre mignonnette au chocolat.

Prenant conscience de sa présence, Annabelle sursaute :

– Tu es revenue, mamie ?

– Tu penses que je pouvais exister ailleurs ?

– Merci à vous aussi, monsieur Shelbert.

– J'étais bien obligé, ta grand-mère avait peur que je ne fasse des bêtises au restaurant. Et je serais content si tu m'appelais Charles.

– D'accord, Charles. Et mes parents ? Ont-ils oublié qu'ils avaient une fille malade ?

Anatole seul/Anatole alone

Retrouver sa chambre est un réconfort pour Anatole. Après l'excitation de la nouveauté, il en a eu vite assez de camper avec son père. Ici, ils avaient discuté, mesuré, programmé chaque centimètre carré pour lui organiser son rêve : un lit deux places à la place de son lit d'enfant. Les termes exclusifs du contrat étaient de faire son lit tous les jours, termes depuis longtemps oubliés.

Dimanche. Il ne sait pas où se trouvent ses parents, certainement à l'hôpital. Par magie, le frigo est de nouveau rempli. Anatole trie, copie et colle frénétiquement devant l'écran de son ordinateur.

Il ne sait pas où il va manger (et il a faim). Personne ne répond sur les portables. Il se demande à quoi ça sert d'avoir un portable. Pas le moindre message de ses parents, avant finalement ce coup de fil de Samuel qui lui dit sans autre explication : « Viens me rejoindre à l'hôpital. »

Lulu fait face/Lulu deals with herself

C'est un déclic, ou peut-être cela s'appelle grandir. Il était temps. La famille d'abord. Ça la frappe comme une évidence. Le courrier électronique, les coups de fil, les réunions, tout ce jeu des urgences feintes, faussement importantes et prioritaires l'ont éloignée de son véritable amour de mari, de ses enfants, de ses responsabilités réelles. Mieux vaut tard que jamais, mais n'est-ce pas trop tard ? La veille, l'état d'Annabelle était grave.

Marguerite ne voudra certainement pas l'accabler, mais l'idée de la présence de sa mère est déjà un reproche en soi. Elle redoute son regard à son arrivée à l'hôpital. Cette nuit, ni elle ni Léonard n'ont dormi. Ils n'ont pas beaucoup parlé, juste assez pour établir quelques nouvelles règles du jeu :

A) Lulu a le droit de faire son travail avec discipline et passion.

B) Léonard a le droit de faire les courses et la cuisine de temps en temps.

C) Lulu s'engage à sortir en famille un week-end par mois.

D) Léonard pliera le linge.

E) Le couvre-feu pour Lulu et son ordinateur est fixé à minuit.

F) Léonard se dépêchera de quitter son bureau AVANT que le repas ne soit posé sur la table.

Pour l'instant, Lulu aide Léonard à déménager de sa porcherie d'appartement. Ils feront quelques voyages jusqu'à son nouveau-vieux chez-lui, iront déjeuner avec Anatole et puis verront comment va leur perle de bijou de fille. Lulu amène le nécessaire pour passer la nuit à l'hôpital.

Dans les couloirs de l'hôpital/
In the hospital corridors

Samuel et Anatole pratiquent leur rite de salut avec le « high five ».

– Tu as vu Annabelle ?

– Oui. Là, elle a très mal, ce qui est normal vu l'opération qu'elle vient de subir. Elle essaie de dormir. Ta grand-mère est avec elle. Mon grand-père reviendra tout à l'heure. Où sont tes parents ?

– Ils ont disparu… sans leurs portables.

À peine la phrase est-elle prononcée que son portable sonne. « Je suis à l'hôpital, avec Samuel et mamie. Où êtes-vous ? Non, je ne rentre pas manger. On va aller acheter un sandwich avec Samuel. Oui, je vous attends ici. »

– Bonne idée, dit Samuel.

– Annabelle a mangé quelque chose ?

– Par l'intraveineuse.

– La pauvre.

– On mangera à sa santé.

– Non, on boit à la santé.

– On le fera aussi.

Contrairement à ses habitudes, Samuel daigne manger un humble sandwich acheté en vitesse au snack dans le hall d'entrée. Ils dévorent leur maigre repas dehors sur un banc.

– Pourquoi m'as-tu appelé ? demande Anatole. Je pensais qu'il y avait une urgence concernant Annabelle.

– En fait, il s'agit d'une urgence pour l'humanité.

La visite de Son Excellence/His Excellency's visit

Annabelle n'est pas au sommet de la sociabilité. Elle a mal, horriblement mal, et son visage ressemble à un portrait de Francis Bacon. Son crâne la démange et elle ne peut pas se gratter à cause de tous les tuyaux accrochés à son bras. Elle se demande quand elle s'est lavé les cheveux pour la dernière fois. L'infirmière insiste pour qu'elle se mette en position assise, mais ne propose pas de la protéger des poux qui ont sans doute l'intention de visiter sa tête sale. Elle n'est pas à la pointe de la mode non plus avec ce truc infâme dissimulant seulement une partie de son corps. Elle se sent tellement aliénée par ce traître d'organisme qu'elle n'a même pas le désir de s'habiller ou d'essayer la chemise de nuit. Non, elle attendra sa lune de miel. Si jamais elle sort d'ici vivante.

Mamie, qui sait toujours faire plaisir, que ce soit avec sa cuisine céleste ou ses cadeaux parfaits, est en train de lui masser les pieds. On ne peut rien faire de plus gentil que de masser les pieds de quelqu'un. La pression de ses doigts, ces mêmes doigts qui pétrissent les pâtes et touillent les légumes, chasse la douleur et diffuse un réel bien-être.

– Tu es amoureuse, mamie ?

– Pas comme avec ton grand-père. Disons que je suis dans un état de profonde amitié. Il est si courtois et si différent de tous les hommes que j'ai connus, tellement intelligent et cultivé, même en cuisine. Et puis c'est si bon de me serrer contre lui, de passer des nuits dans la chaleur de ses bras, contre ses jambes et toute l'anatomie dont je t'épargnerai la description.

– Alors quelle est la différence entre amoureuse et ça ?

– C'est plus calme, moins frénétique, quoique passionné, il y a moins de tensions, de chair de poule, de cheveux dressés, de nerfs à vif. C'est tranquille et tendre.

– Mieux qu'amoureux alors !

– Non, il y a un temps pour tout. À mon âge, la gentillesse, l'affection, l'harmonie, la sérénité sont le meilleur des mondes possibles.

– Et lui ?

– Lui comme moi, on ne s'attendait plus à un amour charnel. Il est reconnaissant et j'aime sa reconnaissance.

Annabelle adore parler avec sa grand-mère qui ne mâche jamais ses mots, mais l'arrivée tonitruante de sa paire de parents met fin à l'enquête sur le thème : aimer et être amoureux.

– Ah, voilà les presque divorcés qui s'aiment trop, dit Marguerite.

– Non, maman, voici les nouveaux remis ensemble. On vient de déménager nos hommes, ils réintègrent notre humble foyer, annonce Lulu triomphalement.

Annabelle sent tous ses muscles se relâcher, surtout ceux qui encadrent sa bouche et qui laissent échapper un sourire immense sur son visage. Ils seront de nouveau une famille.

Un tap tap sur la porte et deux visiteurs s'associent à la joie de la chambre, Son Excellence l'ambassadeur et Son Excellence de père. Avec le retour de Samuel, il y aura deux fois trois générations, d'un côté, des femmes et de l'autre, des hommes.

La fatigue et la douleur d'Annabelle n'ont pas pour autant disparu. Elle trouve toutefois que le bonheur est le meilleur des tranquillisants.

Mais Léonard, dans un coin, ne voit pas d'un bon œil que Sydney prenne Lulu dans ses bras, soi-disant pour la consoler de l'hospitalisation de sa fille.

Enfin seuls/Alone at last

Fleurs, chocolats, livres et autres cadeaux, ajouter à tout cela la moitié de sa classe : Annabelle aime certes la fête, mais elle aurait préféré une autre occasion. Même Bilgi et Dounia sont venus… avec des cornes de gazelle (qu'Anatole s'empresse de goûter).

Anatole rôde autour d'elle comme une mouche qui ne sait pas où atterrir. Il ne sait pas quoi lui dire.

– Alors tu es rentré à la maison ! Tu es content ?

– Ah oui, j'en avais marre de manger que dalle.

– C'est tout ?

– Non, ce n'est pas tout. Tu me manques ! Quand vas-tu sortir de cette baraque ?

– Je te dirai quand je saurai.

– J'espère que je serai encore là, que papa et maman tiendront le coup.

– Je connais un couple qui s'est marié et a divorcé cinq fois. Ensemble ! dit Julie.

Julie est venue voir sa copine, mais elle n'arrête pas de tourner autour de Samuel. Ses cheveux semblent avoir été coiffés par un ange. Elle a apporté un rouge à lèvres à Annabelle qui n'en met jamais. Julie est vraiment perspicace !

Julie propose à Samuel de sortir ensemble le soir même.

– Non, je vais rester avec Annabelle. Je dois discuter avec elle.

– Tu ne veux pas discuter avec moi ?

– Oui, oui, on se verra demain au lycée. Je te raconterai. Tu pourras participer aussi.

– Participer à quoi ?

– Je te dirai. Je veux savoir ce qu'Annabelle en pense d'abord.

Julie embrasse l'air autour des joues d'Annabelle avant de dire « Ciao ! », la mine défaite et sans cacher sa rancune.

– Je crois qu'elle ne m'aime pas parce qu'elle t'aime trop.

– Il faut être deux pour aimer.

– Pas toujours.

– On peut aimer bien sans connaître l'amour fou.

– C'est justement ce que ma grand-mère me disait avant que tout le monde ne vienne.

– Alors c'est l'amour fou avec mon grand-père ?

– Elle parle d'un amour non fou et serein. C'est plus reposant quand ce n'est pas fou, a-t-elle dit.

– Toi, tu veux quelle variété ?

– Ce qui vient.

– C'est fataliste.

– C'est réaliste.

– Comment tu te sens ?

– Très faible.

– J'espère que c'est la dernière fois que je viens te voir dans un hôpital.

– Normalement, on accouche dans un hôpital. Et j'espère accoucher un jour.

Samuel est plongé dans un profond silence.

– Tu voulais me parler de quelque chose ?

– Ah oui. J'en ai déjà dit quelques mots à Anatole. Il est intelligent, ton petit frère. Il a de bonnes idées.

– Des idées au sujet de quoi ?

– J'ai vu un reportage à la télé sur des gens qui vivent seuls. C'est une tendance de la société urbaine même chez les jeunes, mais c'est surtout tragique chez les personnes âgées, les veufs, les veuves, qui se trouvent dans un isolement total.

– Et alors ?

– Ça fait un moment que cela me travaille. Nous sommes tellement privilégiés.

– C'est vrai, mais ce n'est pas de notre faute.

– Je voudrais faire quelque chose pour les autres, apporter ma contribution à la société, aider.

– C'est bien beau, mais nous ne sommes que des lycéens et il faut toute notre énergie pour y arriver. Peut-être un jour, après nos études, quand on travaillera, on pourra au moins donner une partie de nos salaires aux pauvres.

– Écoute mon idée : je voudrais créer une agence de rencontres pour les personnes âgées, mais pas pour les aider à se marier, juste pour avoir de la compagnie. Dire qu'un tel devrait rencontrer une telle…

– Pourquoi les personnes âgées ?

– Parce qu'elles ne sortent pas et qu'elles ont besoin d'aide.

– Il y a plein de sites Web pour ça.

– Mais les personnes âgées en général ne savent pas se servir d'un ordinateur.

– Mais comment on va les trouver, ces personnes âgées ?

– Prends mon père.

– Il n'est pas vieux, il sort beaucoup, il drague pas mal, et il n'a pas besoin de nous.

– Je vais partir à l'université l'année prochaine, sans doute aux États-Unis, dans la même université que mon père et mon grand-père…

– Si tu as ton bac…

– Anatole m'a fait la même remarque. Merci pour votre confiance.

– J'ai confiance en toi.

– Oui, mon père drague et sort beaucoup, mais il n'a jamais trouvé l'âme sœur depuis ma mère et ça fait dix-sept ans qu'il est seul. J'aimerais le savoir installé avec une femme qui saura le rendre heureux.

– Et si c'est une garce, une marâtre qui te déteste ?

– On lui trouvera une femme bien. Mais on ne le fera pas seulement pour lui.

– Comment trouver les autres ?

– On va mettre tout le lycée au courant. Chaque personne qui connaît une personne âgée isolée nous le dira. On la répertoriera et on la présentera à une personne isolée de l'autre sexe.

– Et les homosexuels ?

– On s'arrangera pour les hétéros, les homos, les bisexuels et les trisexuels et les asexuels.

– C'est quoi, un trisexuel ?

– On ne sait pas encore. C'est un truc d'avenir.

– Donc, notre premier client, c'est ton père.

– Oui.

– Et quand va-t-on faire tout ça ? Moi j'aurai déjà une montagne de devoirs à rattraper.

– J'ai décliné l'offre de mon père d'aller rendre visite à des amis au Qatar pendant les vacances de Toussaint. Je reste ici avec toi et on bosse, matin pour l'école, pour rattraper ton retard, pour rattraper mon retard. Et le reste de la journée pour le projet « Fleur tardive ». Tu me suis ?

– Si c'est pour l'humanité…

Samuel recrute/Samuel recruits

Julie est plus enthousiaste qu'Annabelle. Elle est tellement flattée que Samuel s'adresse à elle qu'elle met tout son zèle à déterrer des vieux. Elliot, Fanny, Raphaël et toute la classe s'y mettent. Anatole s'occupe de ses amis collégiens.

À la fin de la première semaine, ils ont 187 vieux, pour la plupart des femmes. Anatole imagine qu'elles peuvent former des couples d'amies, pour manger ensemble et faire quelques sorties. Il propose de les mettre dans la catégorie « asexuel ».

Annabelle est toujours en convalescence, avec une cicatrice sur le ventre qui lui interdira les bikinis. Elle a encore mal, mais la semaine à l'hôpital a balayé ces mois pesants d'absence de la moitié de la famille. Ils sont tous réunis, sa mère plus ou moins amendée (avec quelques rechutes). Annabelle s'est mise à travailler avec méthode et discipline pour se mettre à jour.

Elle a du mal à partager l'enthousiasme de Samuel pour le projet « Fleur tardive ». Annabelle a une idée fixe : établir des objectifs et s'investir avec acharnement pour les atteindre. Mais elle ne veut pas le décourager non plus. Il est tellement investi qu'il en oublie qu'il parle en français, de plus en plus vite et de moins en moins mal. C'est au moins ça.

Anatole a demandé à sa mère de fouiller dans sa liste de collègues, anciennes élèves de son université, copines, filles, nièces, tantes, cousines ou extraterrestres pour en sortir une qui pourrait faire l'affaire de Son Excellence, le père de Samuel.

Et sa mère a déterré une célibataire de choc.

Le cadeau d'Anatole/Anatole's gift

Léonard va chercher Annabelle à l'hôpital pendant qu'Anatole met la touche finale à son cadeau de bienvenue. Lulu prépare des légumes à la vapeur, estimant que sa fille a besoin de manger simple, sans graisse et sans ajouts. Le retour de la malade active toute la famille.

Lulu fait une chose qu'elle ne fait jamais, elle transgresse le pacte passé avec elle-même : elle déblaie la chambre de sa fille, change les draps, passe l'aspirateur, nettoie les vitres, enlève la poussière, met la montagne de sous-vêtements dans la machine à laver, effectue tout le travail invisible de mille petites souris. Elle n'est pas une adepte du ménage mais elle a une certaine satisfaction à accueillir sa fille dans l'ordre et la propreté.

Annabelle est trop faible pour remarquer la transformation imperceptible de son palais du sommeil.

Elle enfile son pyjama, qui n'a pas de fente au dos, lui, et se met au lit avec l'impression d'être diminuée, et ce n'est pas que son appendice lui manque !

Anatole a peiné avec le papier cadeau qu'Annabelle arrache presque sauvagement, tellement elle est impatiente de voir ce que sa banane de frangin lui offre. Ça a la forme d'un livre, le poids d'un livre, mais quel livre ?

Elle est impressionnée et émue aux larmes. Elle l'a peut-être sous-estimé, cet âne de banane ? Elle tourne les pages de l'album qu'il a fabriqué sur un site Internet à partir des photos de leur naissance jusqu'à aujourd'hui. Le titre est « Frère et sœur ». À part une photo de son père avec ses parents et de sa mère avec les siens, il n'y a que des photos souriantes et riantes d'Annabelle et d'Anatole ensemble. Ils plongent dans des piscines, mangent des pizzas et des coupes glacées débordant de crème fouettée, jouent au tarot, aux échecs, au Monopoly, dans la cuisine du restaurant de mamie, devant la tour Eiffel, la tour de Pise, la tour Big Ben, toujours tellement complices, en vacances, à la maison. Frère et sœur pour la vie. Peut-être que c'est vrai que l'on grandit ?

Elle retourne à la page où son père est avec ses parents. Pourquoi ne les connaît-elle pas ? Pourquoi son père n'en parle-t-il jamais ? Elle sait qu'ils ont survécu à la Seconde Guerre mondiale et qu'ils venaient de Pologne. Son père lui a dit ces quelques mots quand elle faisait son devoir d'histoire. Elle lui avait demandé alors si ses parents étaient morts. Elle sait que c'est un sujet tabou.

– Non, ils sont bien vivants, c'est moi qui suis mort.

– Vivants où ?

– Rue du Faubourg-Montmartre, où j'ai grandi. C'est à 300 mètres !

Marguerite fait la cuisine/Marguerite cooks

Il était difficile pour Sydney Shelbert de trouver une date libre pour un dîner chez les Kvell avant le retour de Marguerite et de son père dans leur trou perdu du Sud-Ouest. Sydney est aussi amusé que surpris par l'attachement de son père à cette femme qui parle un français chantant trop le rustique. Il avait toujours choisi des femmes aussi coincées que lui, style duchesse anglaise hautaine et sèche.

Sydney n'est pas contre. Il est temps que son père profite un peu de la vie sensuelle et parfumée. Quant à lui, il est attiré par cette Lulu fatale, mais il n'est pas prêt à assassiner son mari pour pouvoir la conquérir.

Il est aussi amoureux de la fille que de la mère. Annabelle a fait des miracles avec son fils. Il n'a jamais été aussi épanoui depuis la mort de sa mère, il y a dix-sept ans. Il découvre chez son fils une énergie et une joie de vivre qu'il ne lui connaissait pas. Paris, oui, Paris ! Quelle chance d'avoir été nommé à Paris !

Son chauffeur le laisse devant l'immeuble. Samuel et son père y sont déjà. Par principe, il monte toujours les escaliers à pied. Il hume le parfum venant du quatrième étage à chaque marche. Il aime la bonne cuisine et ça promet.

Il ne sait pas encore à quel point !

Les vieux de Julie/Julie's old people

Samuel l'a dit à Julie et elle le croit : faire le marieur est un travail sacré. S'il faut réussir dans le « travail sacré » pour séduire ce garçon original, elle est prête à tous les sacrifices. Tant pis pour l'interro de maths, elle invite la vieille voisine et le grand-oncle de Raphaël à prendre le thé chez elle. Raphaël est chargé d'accompagner son candidat. Julie sort le quatre-quarts du four et va chercher la voisine. Celle-ci a fait un strudel. Le grand-oncle grand style apporte une bouteille de champagne grand cru que Raphaël débouche.

Dès que le vin à bulles fait son apparition, les secrets sortent. La voisine raconte sa fuite de Vienne avant la guerre. Le grand-oncle parle de son adolescence passée de cachette en cachette avant d'arriver en zone libre. Ils ont tant à se dire, comme si aucun d'eux n'avait ouvert la bouche depuis cent ans. Personne n'a besoin de Julie ni de Raphaël, alors ils s'enferment dans la chambre de Julie pour étudier leurs leçons de maths.

Julie sera récompensée de son saint travail par une bonne note et une bonne action à rapporter au chef du projet Samuel. Et peut-être que la prochaine fois que le président des États-Unis passera à Paris, elle sera invitée aussi.

Annabelle est pâle, en convalescence, présente à table mais en retrait aussi.

Samuel a dû se pincer plusieurs fois pour en croire ses yeux : son grand-père absolument détendu, son père hilare, l'ambiance facile, agréable, conviviale, et chaque bouchée délicieuse. Mais surtout il est sidéré par l'invitée de Lulu. Cette femme bien en chair et néanmoins bien dans sa peau est le phénomène extraordinaire de la soirée. Pourquoi est-elle encore célibataire ? D'après Léonard, elle ne peut pas être pour un seul homme, mais pour le monde entier. Est-ce une coïncidence si ses parents l'ont nommée Aimée ?

Dans le défilé de femmes qui ont accompagné Sydney tout au long de sa carrière de « play-boy », il n'y a jamais eu de maquillées macabres. Aimée est peinte en couleurs néon. Sydney n'aime que les bijoux précieux et discrets de grande marque, Tiffany, Chopard, Cartier. Aimée porte des colliers en plastique composés de sifflets, de boutons, de jouets. De ses oreilles pendouillent non pas deux mais dix boucles d'oreilles, également en plastique, toutes différentes – une énorme araignée, un cafard noir, une cuvette de maison de poupée, le biberon du bébé de Barbie. Les femmes de Sydney sont habillées chic et cher dans les tons de beige et de gris. Aimée est un arc-en-ciel de couleurs flashy.

Sydney aurait imaginé que son père, en voyant cette femme, penserait : « Outrancière », « Scandaleuse », « Folle ! », alors pourquoi a-t-il un sourire large comme un quart de lune ? Pourquoi est-il en grande conversation avec elle ? Pourquoi rit-il ? Pourquoi les Kvell sont-ils unanimes ? Pourquoi Aimée parvient-elle à être le bras droit de Marguerite et de Lulu durant tout le dîner ?

Les « femmes » de Sydney parlent quand on leur pose une question, participent peu aux discussions, suivent cette recommandation implicite : « Sois belle et tais-toi. » Aimée demande à Marguerite si elle a encore ses règles, à Annabelle si elle a déjà fait l'amour, et aux adultes combien de fois par semaine ils le font. Et tous ces imbéciles lui répondent. Et ils rient en plus. Heureusement qu'elle n'a pas pensé à lui demander quelque chose, il aurait tout dit sauf la vérité.

Mal au dos/Backache

«Je suppose que cela s'appelle "en avoir plein le dos"», pense Lulu. Elle est complètement bloquée, allongée dans son lit avec une douleur qui hurle de haut en bas. L'hospitalisation et l'opération d'Annabelle lui ont pesé lourd sur les épaules, car elle s'est rendu compte que l'on ne peut pas protéger ses enfants. Le départ et le retour de Léonard lui montrent que même les êtres les plus solides sont fragiles. Et il y a eu aussi l'effort important à fournir avec cet article à envoyer impérativement avant la date limite, le dîner – d'accord, c'est sa mère qui a fait la cuisine, mais elle était responsable des âmes des invités. Le mauvais trimestre d'Anatole aussi, tellement capable et pourtant si flemmard, et ses questionnements permanents pour trouver comment motiver son fils, et ses étudiants.

Ses étudiants l'attendent pour la dernière classe d'agrégation avant les vacances de Toussaint. Léonard et Anatole sont partis sans qu'elle s'en aperçoive. Annabelle dort. Et Lulu se demande comment elle va se transporter jusqu'à l'amphi. Elle prend un anti-inflammatoire fort. Elle a l'habitude, le dos est souvent en crise chez elle.

Elle décroche le téléphone à la première sonnerie pour ne pas réveiller sa fille, agacée que sa mère appelle si tôt.

– Je voulais te dire au revoir avant de reprendre la route. C'était sympa hier soir. C'est toujours sympa chez vous.

– Ce n'est pas toujours aussi délicieux. Tu ne m'as pas transmis tous tes secrets.

– La cuisine est un travail de musculation, ma fille. Ce n'est pas de temps en temps, c'est de l'exercice régulier, une histoire de tous les jours.

– Il ne reste pas une miette. J'ai un lumbago pour changer, j'ai cours toute la journée et je ne sais pas comment la famille va manger aujourd'hui.

– Les congés de maladie, ça existe ! N'y va pas !

– Tu peux parler, maman ! Tu as déjà pris un congé de maladie ?

– Je ne suis pas fonctionnaire.

– Et je suis une fonctionnaire consciencieuse. Je

ne peux pas laisser tomber mes élèves, ils ont leur concours à préparer.

– On devrait laisser tomber les concours dans ce pays tordu.

– D'ici là, c'est moi qui suis tordue. Bonne route, maman. Appelle-moi ce soir. Je vais essayer de m'habiller. On devrait être heureux quand tout va bien. Là, c'est vraiment la galère.

– Mes derniers mots sont « N'y va pas ! ». Quand tu auras fini ta carrière débile, tu vas regretter chaque congé de maladie que tu n'as pas pris.

– Il y a des gens qui prennent la vie au sérieux.

– Il y a des gens qui prennent la vie trop au sérieux. On n'est que des locataires ici-bas. La vie passe. Pense à en profiter.

– Pour l'instant je vais profiter de la RATP.

– Je vais être inquiète.

– C'est bien. C'est ton travail de mère ! On s'inquiétera mutuellement.

Première visite d'Annabelle/Annabelle's first visit

Tout le monde est parti. Annabelle ne peut plus rester au lit. Elle se languit du lycée, de son travail avec Samuel, de tous les petits riens propres à ses journées habituelles. Elle se lève, un peu chancelante, mais la tête règne sur le corps : elle veut donc elle peut. Elle prend une douche, s'habille, mange une tartine et sort pour faire trois pas dehors.

Elle avait vérifié l'adresse et en un peu plus de trois pas elle y est. C'est donc là que son père a grandi ; elle est passée devant des centaines de fois, et lui aussi. Il y a un code d'entrée qu'elle ne connaît pas. Elle attend. Quand le facteur arrive, elle entre avec lui.

– Du courrier pour les Kvell ?

Il lui tend quelques enveloppes. D'après la boîte aux lettres, ils habitent au deuxième étage. Elle prend l'ascenseur. Sa cicatrice lui fait encore mal.

Qu'est-ce qu'elle va dire ? Comment va-t-elle les aborder ? Elle ne sait rien du divorce entre son père et ses parents. Pourquoi a-t-il dit que c'est lui qui était mort ?

Elle prend une grande inspiration et sonne. Une dame, courbée sous le poids du passé, avec des cheveux blancs, un visage ridé mais jeune, ouvre la porte.

– Je suis Annabelle Kvell. Voici le courrier.

– Shlomo ! Viens vite ! dit la dame.

Une matinée au collège/A junior high morning

La prof de français les accueille avec une interro surprise. Elle leur fait souvent ce genre de bonnes surprises. Anatole la soupçonne de ne pas aimer enseigner, alors elle corrige les copies d'une autre classe pendant qu'ils grattent leurs copies doubles. Au moins, dans ces moments où ses camarades grattent leur tête et leurs feuilles, il y a un silence inhabituel et Anatole aime cette réflexion obligatoire : « D'après nos dernières lectures et votre expérience de la vie, définissez l'amour. » La seule réponse qui surgit dans sa tête, c'est les cornes de gazelle ! Et puis quelles lectures ? *Si c'était un homme* ? *À l'ouest rien de nouveau* ? L'amour ? Plutôt la haine ! Plutôt la guerre. Elle parle de lectures pour justifier son salaire. Elle peut parler !

« L'amour ! » écrit Anatole. « Qu'est-ce qu'un collégien de 14 ans est supposé en savoir ? Peut-être le sein de sa mère, mais je n'en ai aucun souvenir. Le repas de mamie l'autre soir où chaque bouchée a été une vraie fête. La colère de ma sœur quand je rote. J'aime tant la chahuter. Premier constat : l'amour n'est pas indifférent. On n'aime embêter que les gens que l'on aime.

« L'amour est une liste de plats, de gâteaux, de menus, une série de restaurants, et l'amour se cache même dans les épinards, et surtout dans les pommes de terre. Deuxième constat : l'amour se mange. Surtout quand on a faim, c'est-à-dire tout le temps. »

Anatole regarde Bilgi lui faire des signes désespérés et il pense aussitôt à Dounia.

« L'amour généralement concerne un homme et une femme ou un homme et un homme ou une femme et une femme. L'expression "faire l'amour" concerne ces couples divers. Généralement, à 14 ans, entre le collège, les devoirs, le sport, la famille, on n'a pas énormément d'expérience dans ce domaine, ce qui ne veut pas dire que l'on n'y pense pas. Troisième constat : l'amour est un rêve. »

Oui, Anatole rêve de prendre Dounia dans ses bras, de l'embrasser sur la bouche, de la caresser… partout. Mais il sait qu'il est loin, très loin d'en avoir le courage ou la possibilité, surtout dans une famille turque.

« L'amour doit te tomber dessus, on ne peut pas le forcer, il n'y a pas une clé spéciale. On dit "tomber amoureux" parce que tu es censé "tomber". On dit aussi un "tombeur". Mais on ne t'apprend pas à être un tombeur. On ne t'apprend pas à aimer non plus. Quatrième constat : il faut du courage pour aimer.

« Tout le monde rêve d'amour, ce qui mène à un cinquième constat : l'amour est un rêve et une illusion.

« Je suis sûr que ce rêve existe. Je me sens entièrement transporté d'amour. J'ai une mère, un père, une sœur, une grand-mère, une tante. Disons que cela suffit à mes 14 ans, en attendant le super truc éblouissant, fracassant, époustouflant. »

Anatole rend sa copie. Il voit que Bilgi n'a rien écrit. Il aurait dû lui souffler quelque chose. Sixième constat : l'amour est personnel et intime.

La semaine finit par finir/ The week ends up ending

Annabelle retourne à l'école la dernière semaine avant les vacances, accablée par la quantité de travail à rattraper. Heureusement, elle a deux semaines de vacances devant elle.

Le dos de Lulu est toujours douloureux mais elle arrive à s'acquitter de ses devoirs, corvées, obligations, à un rythme certes plus lent et entrecoupé de quelques « aïe aïe aïe ! ».

Anatole passe le plus clair de son temps chez un ami ou un autre.

Léonard et Lulu ont reçu un bon-cadeau pour partir en week-end. Annabelle a dépensé son « salaire » pour consolider le couple de ses parents. Elle a trouvé une chambre d'hôte pas trop chère dans un moulin en Normandie, où ils écouteront des concerts de musique classique et se reposeront le reste du temps.

Sydney Shelbert s'est arrangé avec les Kvell pour que Samuel passe les vacances chez eux puisqu'il ne veut pas l'accompagner à Doha. Samuel arrive avec un scoop :

– Mon père part au Qatar avec Aimée !

Mais ce n'était pas un scoop. Toute la famille le savait déjà et savourait avec satisfaction son rôle d'entremetteur.

Le projet de Samuel/Samuel's project

Ils ont déjà réussi à réunir vingt-quatre personnes, ce qui fait douze couples.

– Tu comptes ton père et Aimée ?

– Bien sûr.

– Mais ils ne se connaissent que depuis deux semaines… Ton projet n'est vieux que de trois semaines !

– Je suis optimiste. On plante l'amour, on le bichonne, on le bêche, on l'arrose, et ça pousse !

– Samuel, tes progrès en français sont fulgurants !

– Tu peux être fière de toi.

– Je suis fière de TOI !

– J'ai juste cette envie d'aider l'humanité.

– Il faudrait peut-être mieux apporter de la nourriture aux affamés que cette frivolité d'amour.

– Écoute, finissons un projet avant d'en commencer un autre. On peut être affamé d'amour aussi. As-tu trouvé un couple ?

– Pas encore, mais c'était MON idée, avec Anatole il faut le dire, avec ma mère aussi, d'inviter Aimée.

– Bravo !

– Et j'ai peut-être retrouvé mes grands-parents paternels !

– Quoi ??? Tu as des grands-parents ?

– Je ne suis pas certaine. Je suis allée me présenter. Mais ma prétendue grand-mère s'est évanouie et mon grand-père en herbe m'a dit de revenir un autre jour.

– Wow ! Ils vivent à Paris ?

– Dans notre quartier, à trois pas.

– Qu'est-ce qui s'est passé ?

– Je ne sais pas. Mon père refuse d'en parler. C'est vraiment bizarre et triste. Je sais qu'ils sont nés en Pologne, des survivants de la Shoah et des camps de concentration.

– Tu es juive ?

– Ça te gêne ?

– Mais pas du tout, ma mère était juive. Je pense que c'est pour ça que je m'appelle Samuel. C'est un prénom biblique.

– Est-ce que tu connais les parents de ta mère ?

– Ils n'étaient pas contents qu'elle se soit mariée avec mon père, et puis, à sa mort, ils sont tombés malades et ils sont morts tous les deux peu après. Je ne les ai pas connus.

– On est deux tragédies ambulantes !

– Mais non, NOUS au moins nous sommes vivants !

– Vivants pour faire des maths.

– Vivants pour aimer.

– Les maths d'abord.

– Oui, et après les maths on travaille... l'amour !

Classe affaires/Business class

Sydney Shelbert a toujours voyagé en première classe, aussi il ne comprend pas l'émerveillement enfantin d'Aimée. On lui donne un pyjama (normal !) et elle veut l'enfiler tout de suite, quitte à se déshabiller devant tout le monde. Elle a découvert des brosses à dents dans les toilettes, alors elle se brosse les dents toutes les cinq minutes. On apporte du champagne, des petits-fours salés, des quiches, des fruits secs et elle mange goulûment.

– Est-ce qu'on peut vous apporter quelque chose d'autre, madame ?

Elle est sur un petit nuage et c'est le cas de le dire.

– Je pourrais vivre comme ça, dit-elle à Sydney.

– J'ai toujours vécu comme ça, mais ça ne fait pas le bonheur.

– Qu'est-ce qui fait le bonheur alors ?

– Toi ! Avec moi ! Tu m'apportes quelque chose que je n'ai jamais connu.

– Quoi ?

– La légèreté, l'humour, la tendresse.

– Mais regarde comme je suis lourde.

– Je vois une beauté. Plus il y a de toi, plus je suis heureux.

– Donc, oui, une autre quiche et encore du champagne.

– Quelle bonne idée de t'avoir invitée au dîner chez les Kvell ! Je suis vraiment reconnaissant à cette famille. Au départ je n'appréciais pas tellement Léonard, mais j'ai découvert un homme sensible et intelligent.

– Plus que ça ! Il est serviable, toujours prêt à aider les autres. Un homme presque sans ego. Et puis il arrive à vivre avec ma sœur !

– Ta sœur ???

– Oui, Lulu est ma sœur.

– Et Marguerite, ta mère ?

– Et donc Annabelle, ma nièce et Anatole, mon neveu.

– Pourquoi ils ne t'ont pas présentée comme telle ?

– Parce que tu aurais su alors qu'ils essayaient de me caser !

– Je pense que tu es casée, mon chou-fleur au cumin !

– Chez moi ou chez toi ?

– On verra ça plus tard.

Maths et amour/Maths and love

Samuel et Annabelle sont installés sur le grand lit d'Annabelle, dans sa niche encadrée de trois murs. Il y a des feuilles, des calculatrices, des ordinateurs, des téléphones, des livres et deux êtres qui se font une petite place, couchés côte à côte comme Adam et Ève.

Annabelle, toujours affaiblie par l'opération, se sent mieux quand elle est couchée. Samuel, habitué à travailler assis, n'arrive pas à se concentrer. En plus, la proximité d'Annabelle semble éveiller en lui un besoin de contact.

– Samuel, j'ai pensé à un couple à faire !

– Qui ?

– Bernadette !

– Ta voisine, avec le caniche ?

Il l'avait rencontrée un jour. Le chien aussi. Elle est vieille et déprimée, donc elle correspond au profil des candidats pour son projet.

– Et son prince charmant, c'est qui ?

– C'est un vieux que je croise tous les jours avec un gros chien.

– Alors ça compte pour deux couples : les chiens et leurs maîtres. Mais tu le connais ?

– Pas encore, mais ça ne va pas tarder.

– Tu as intérêt. Julie a déjà réussi à réunir cinq couples.

– C'est une compétition olympique ou un projet humanitaire ?

– Tous les moyens sont bons pour motiver les gens.

– Et toi et Julie ? Ça compte ?

– On est trop jeunes pour rentrer dans le cadre du projet.

– Mais encore ?

– Mais encore quoi ?

C'est sur le mot « encore » que Samuel craque. Il approche son long corps le plus près possible de celui d'Annabelle. Il aligne ses lèvres sur les siennes. Et il attend qu'elle le gifle.

Mais au lieu de la claque attendue, Annabelle s'emploie à déverser toute son âme contre la bouche de Samuel. Apparemment, elle ne lui transmet pas que le français.

Léonard à son bureau/Léonard in his office

Léonard adore aller au travail, il aime se rendre utile, et même si son salaire est bien en dessous d'une rémunération digne de ses diplômes et de son expérience, il ne changerait pas de travail, serait-ce pour une plage de sable fin.

Cette plage, il l'a connue quand il travaillait comme journaliste aux Antilles. Il la porte toujours dans un coin nostalgique de son cœur. Il se rappelle les coups de fil hebdomadaires à ses parents qui ne pouvaient pas comprendre sa passion pour le soleil et la mer. Selon eux, il faut souffrir pour être heureux.

Léonard se demande si les parents peuvent réellement comprendre leurs enfants. L'incompréhension entre les générations, n'est-ce pas le propre de la marche du temps ? Ses parents, qui ont survécu à la Seconde Guerre mondiale et qui, dans cette tragédie, ont perdu toute leur famille et une partie de leur vie peuvent-ils envisager la joie d'être sur une plage au soleil avec les vagues qui vous lèchent les pieds et les mouettes qui font leur va-et-vient dans le ciel ? Est-ce que lui, Léonard, pourra pénétrer le monde de fils électroniques et de sans-fil de ses futurs petits-enfants ? Est-ce que ses parents pourraient même comprendre sa langue, eux qui parlent si difficilement le français ? La société française est restée pour eux un mystère. Leur seul désir était qu'il réussisse à l'école. Leur seul bonheur était ses bonnes notes, son passage de classe en classe jusqu'au bac, jusqu'à la fac et au-delà. Qu'il ait des enfants pour ne pas laisser la victoire à Hitler, des enfants qui seront juifs et perpétueront la tradition juive.

Léonard a grandi dans une ambiance lourde et triste avec des gens qui ont survécu sans vraiment survivre. Il a le corps marqué de cette peine qui a fini par l'atteindre. Et maintenant il porte en lui cette culpabilité d'avoir ajouté du chagrin à leur souffrance. Et puis ils lui manquent.

Amour : big bang ou petits bisous ?/ Love : big bang or little pecks?

Annabelle est de mauvaise humeur. Elle écoute Jacques Brel :

Aimer jusqu'à la déchirure
Aimer, même trop, même mal,
Tenter, sans force et sans armure,
D'atteindre l'inaccessible étoile

Oui, c'était agréable, un pur plaisir d'échanger ces pressions de lèvres mêlées à la salive et aux mains baladeuses. Mais avait-elle à sacrifier ses devoirs de maths simplement parce qu'elle était là sur le lit et que Samuel avait une envie subite de se frotter contre elle ? « Est-ce que c'est simplement commode ? Suis-je une commodité ? »

Dans son cahier imaginaire, elle a inscrit à l'encre

invisible ce que l'amour devrait être : un séisme d'une magnitude maximale sur l'échelle de Richter, une douche sous les chutes du Niagara, un transport absolu de son cœur vers un autre cœur, une secousse de chaque neurone et le tremblement des milliards de cellules, chair de poule et poils hérissés, orteils en alerte, cerveau en ébullition, le corps enveloppé par une bulle de bien-être, l'aimé qui devient une idée fixe, un mélange de compassion, endurance, foi, détermination, soutien, une romance, un déluge de fleurs et de bonbons, une pluie fine salée et sucrée, une fontaine de chocolat, une dentelle de vie commune, une passion qui bouscule la terre sous vos pieds, un état d'ouverture sur les merveilles de la nature et la beauté, une peine et un baume, un pari, un risque, un danger, le rougissement des murs de ton être. L'amour fait peur, l'amour ébranle le sol de tes habitudes, l'amour est un sourire, c'est la générosité, c'est une explosion d'émotions. C'est le bonheur, c'est le malheur : l'amour n'est pas facile.

L'amour n'est pas un coussin posé par hasard, un tapis pour s'essuyer les pieds, un pansement pour la solitude, une serpillière pour laver les blessures, une maman de remplacement, un partenaire pour une gymnastique amoureuse, un compagnon pour effacer l'ennui.

Annabelle aimerait être une femme fatale, de celles pour qui les hommes sont prêts à voler, à tuer, à subir la torture. Elle aimerait être une Bible gravée dans le cœur d'un religieux adepte de la religion AMOUR. Elle aimerait provoquer des vagues dans la chair de l'autre, une tempête sur une peau insensible, un tonnerre dans les oreilles sourdes, étincelles dans un corps mort, une lumière devant les yeux aveugles.

Et quoi encore ?

L'amour n'est pas pour les lâches !

Si tu ne m'aimes pas, ne m'embrasse pas !

Anatole et Annabelle se promènent/ Anatole and Annabelle take a walk

Anatole a l'habitude de voir sa sœur aux prises avec sa mauvaise humeur.

– On sort ? demande-t-il.

À sa surprise, elle répond :

– Oui, je ne ferai pas ces exercices de maths, mon cerveau est en panne.

– Pourquoi est-il en panne ?

– Laisse tomber.

Anatole sait qu'il ne faut pas insister.

– On va aller voir nos grands-parents.

– Quels grands-parents ? Mamie est repartie. Papi est mort.

– Tu ne t'es jamais posé la question au sujet des parents de papa ? Ils existent, tu sais.

– Où ?

– Rue du Faubourg-Montmartre.

– Tu plaisantes…

– On y va ?

– Comme ça ? Bonjour, nous sommes vos petits-enfants, comment allez-vous ?

– J'y suis déjà allée.

– Et ?

– Et notre supposée grand-mère s'est évanouie et notre supposé grand-père m'a demandé de revenir un autre jour.

– Et c'est aujourd'hui le jour ? Tu as pris rendez-vous ?

– Non, on n'a pas besoin de rendez-vous avec les grands-parents !

– Et s'ils tombent de nouveau dans les pommes ?

– Tu as une autre solution ?

– On va étudier la question…

– Ils seront morts et enterrés le temps que tu étudies la question !

– Attends ! Il est là ! Il faut que tu ailles lui parler ! s'exclame Anatole.

– Qui quoi ?

– Le futur mari de Bernadette, devant nous avec son grand chien. Vas-y !

– Je lui dis quoi ? On vient vous kidnapper, monsieur, pour que vous soyez le mari de notre gentille voisine Bernadette ? Toi, trouve quelque chose, dit Annabelle.

– Pourquoi moi ?

– Parce que tu es un homme.

L'argument semble marcher sur Anatole puisqu'il se dirige vers l'homme et lui demande :

– C'est quoi comme chien, monsieur ?

– C'est un bobtail anglais.

– Qu'est-ce qu'il est gentil ! dit Anatole en le caressant.

Annabelle les rejoint.

– Est-ce qu'il s'entend bien avec les caniches ?

– Bibop est un grand chien. Un petit caniche pourrait en avoir peur.

– J'ai toujours rêvé d'avoir un chien comme lui… dit Anatole. Je n'ai jamais réussi à convaincre mes parents.

– C'est vrai qu'un chien est exigeant et ce n'est pas facile en ville. Il faut le sortir trois fois par jour, le nourrir, le laver, veiller sur sa santé…

– Vous vivez seul, monsieur, ou vous partagez cette responsabilité avec votre femme ?

– Je suis veuf depuis longtemps. Bibop est mon seul compagnon.

– Avez-vous des amis ? Des enfants ?

– À mon âge, beaucoup d'amis sont morts. Mes enfants sont à l'étranger.

– Voulez-vous venir prendre le thé chez nous

aujourd'hui ? demande Annabelle, ou plutôt l'apéro ?

L'homme est tellement interloqué qu'il dit :

– Pourquoi pas ?

Anatole note sur un papier l'adresse, le digicode, l'étage, le numéro de téléphone.

– Et vous, comment vous appelez-vous ?

– Bernard Barnoin.

– On vous attend, monsieur Barnoin, à 18 heures chez nous avec Bibop.

– Merci, les enfants.

– C'était trop facile, dit Anatole.

– Tu étais trop génial ! admet Annabelle, qui, de temps en temps, est saisie d'une grande admiration pour son petit frère. Rentrons vite pour inviter Bernadette et avertir les parents.

– Et les grands-parents ?

– Je n'étais pas tellement d'attaque pour les affronter de nouveau. Viens, on va acheter des biscuits salés et des cacahuètes.

– Et nos vêtements pour le mariage de Bernadette et Bernard.

– Ouf, j'aurai au moins constitué UN couple ! dit Annabelle.

La satisfaction de Samuel / Samuel's satisfaction

Dès leur première rencontre, Samuel s'est senti bien avec Annabelle. Ce n'est pas seulement lié à son corps agréable, sa peau douce et claire, son regard franc illuminé par ses yeux verts, ses cheveux soyeux comme dans une pub pour un shampoing ; c'est qu'elle est totalement présente, curieuse, ouverte. Elle s'intéresse aux autres, au monde, même si les maths la passionnent plus que le monde.

Il n'a pas été insensible à sa bonne paire de fesses moulée dans son jeans, ni à sa poitrine imposante, mais son pouvoir d'attraction vient plus de l'intérieur que de sa belle apparence. S'il aime sa démarche et sa voix, c'est sa façon de penser et son être profond qui le poussent à chercher sa compagnie. Elle est ardente et radieuse. Il aime aussi sa générosité à partager son savoir. C'est grâce à elle qu'il se sent à l'aise en français maintenant. Il aime son intransigeance.

Et tout à l'heure il a goûté à ses lèvres, il a touché sa chair ferme et douce, il a franchi la frontière de la simple amitié pour accéder à une autre dimension.

Il ne plane pas, il ne fait pas des galipettes et des roulades, il ne danse pas le hip-hop, il se glisse sur son tabouret de piano pour jouer des valses de Chopin avec sa discipline habituelle, sa concentration attentive et sa solitude désormais unie à celle d'Annabelle.

Annabelle existe et, même loin d'elle, il est comme dans le ventre de sa mère, il n'est pas seul au monde, il y a un cordon qui les relie. Il ne s'est jamais posé beaucoup de questions sur l'amour. Mais si l'amour est ce doux coussin de bien-être, il est preneur. Il n'est pas sur un nuage, il est bien ancré dans la vie. L'amour ne correspond pas aux balivernes des romans à l'eau de rose et des films de Hollywood. L'amour, c'est juste avoir les deux pieds solidement plantés sur terre.

L'amour est…

Lulu et son couple/Lulu and her couple

Lulu est toujours amoureuse de Léonard, oui, elle est amoureuse de son corps chaud contre lequel elle frotte ses pieds froids, de ses bras l'enserrant, de son épaule forte et solide pour la consoler, de sa voix grave et sûre, et de détails plus intimes encore.

Elle met à sécher le linge propre sur des radiateurs en pensant à la corde à linge tendue au soleil chez sa mère. Ici, avec son système de séchage, le linge garde toujours une odeur de moisi. Une ribambelle de slips, de maillots de corps, de polos. Anatole met tout au sale, automatiquement, sans avoir l'idée de porter deux fois le même jeans. Cela lui évite la peine de les ranger.

Elle épluche les légumes à rôtir avec le poulet et se demande si l'amour pourrait exister sans cuisine, sans lessives, sans courses, sans vérification des devoirs, sans repassage. Peut-on vivre en couple en divisant les tâches équitablement ? Le féminisme est passé sans laisser de traces chez elle, sauf dans son ressentiment perpétuel.

Et, en plus, l'évier bouché depuis des semaines est maintenant totalement inutilisable. Elle lave un plat dans la baignoire de la salle de bains, un long voyage depuis la cuisine qu'elle va faire 378 fois avant la fin de la journée, se lamentant comme sur les rives des rivières à Babylone. Mais Léonard a promis d'appeler le plombier !

Lulu et sa sœur au téléphone/ Lulu and her sister on the telephone

Quand des parents nomment une de leurs filles Lulu et l'autre Aimée, il y a certainement un problème. Peut-être ont-ils pensé trop tard au prénom désiré Aimée pour le donner à Lulu, qui était pourtant l'aînée. Peut-être faut-il du temps pour être inspiré.

Lulu pense tardivement à cette question car elle n'en a jamais voulu à cette sœur adorée. Il n'y a personne au monde avec qui elle rie autant. Elle doit toujours avoir une culotte de rechange quand elle se promène avec sa sœur. Dieu ou le ciel ou les anges ou Dieu sait qui a compensé le prénom Aimée en donnant à Lulu la discipline, l'énergie, le talent, la patience, l'envie de faire de la recherche. À Aimée a été offert le désir d'aimer et de se faire aimer grâce à une personnalité explosive.

Quand Sydney a invité sa sœur à voyager avec lui au Qatar, Lulu a ressenti un pincement de jalousie et aussi un immense soulagement. Le célibat de sa sœur est un poids pour Lulu. Bien que Lulu ait des doutes sur le mariage et le couple, elle craint la solitude et, sans enfants, la vie lui semble une perspective limitée.

– Lulu ?

– Tu es rentrée ?

– Tu veux déjeuner avec moi ?

– Pas aujourd'hui. Les enfants et Léonard rentrent. Tu peux venir ici ?

– Non, je voudrais te parler seule à seule.

– C'est grave ?

– L'amour est très grave !

L'apéro amour-haine / Cocktails love-hate

Quand la sonnerie retentit, Lulu ouvre la porte à un vieil homme avec un nœud papillon et un énorme chien. Anatole accourt en disant à sa mère :

– Fais-le entrer, c'est Bernard Barnoin.

Il a oublié de mettre sa mère au courant. Lulu pense qu'il ne manquait plus que cela, mais elle sourit au vieux et met en marche son charme inné.

– Asseyez-vous, dit-elle. Voulez-vous boire quelque chose ?

Il lui tend une bouteille de Bordeaux.

Ne sachant pas quoi faire, Lulu s'assoit en face de lui.

– Je suis désolée, je ne vous attendais pas. De quoi s'agit-il ?

– Vos adorables enfants – vous êtes la mère, n'est-ce pas ? – m'ont invité et j'ai accepté. Les propositions de sociabilité deviennent rares à mon âge. Depuis ma retraite, je vois peu de monde et il m'est difficile d'avoir des activités. Je ne me sens pas d'aller dans ces clubs de troisième âge et j'ai peur de m'isoler de plus en plus. Bibop est mon seul compagnon depuis la mort de ma femme.

– Et moi, mon problème, c'est le trop-plein. Je cours du matin au soir après le temps et je ne finis jamais mon programme espéré. Nous sommes le matin et puis nous sommes le soir et je ne sais pas où est parti le jour.

Il fait agréable de parler avec cet homme. Le regard compréhensif, l'écoute particulière, le cœur qui va vers un autre cœur sont rares.

– C'est une chance. Profitez de cette période d'énergie, des enfants, de la vie de famille. On passe le reste de l'existence dans la nostalgie de l'enfance de nos enfants.

À cette évocation, Anatole arrive avec ses petits sachets de chips, de gâteaux salés, de cacahuètes et d'olives qu'il répartit dans des coupes disposées sur la table basse devant le sofa.

– Merci d'être venu ! Comment va, monsieur Bibop ?

Avant qu'il puisse répondre, Annabelle entre avec Bernadette et le caniche de celle-ci. Si les humains ont l'air de s'apprécier, les chiens se détestent au premier coup d'œil, surtout Praline. Ce caniche a mauvais caractère, avec ses nœuds et ses rubans, et il grogne en permanence, une musique de fond comme des tambours sourds.

– Je vous présente Bernadette, notre voisine. Et Bernard, notre nouvel ami.

Anatole assure dans son rôle de maître de cérémonie. Bernadette est assez mignonne pour son grand âge. Cheveux teintés en noir et coupés punk. Annabelle a dû insister pour qu'elle se maquille un peu. Praline n'est pas contente quand Bibop va s'asseoir aux pieds de sa maîtresse.

– Qu'est-ce que vous faisiez avant d'être à la retraite ? demande Lulu à Bernard.

– J'étais professeur de philosophie au lycée.

Annabelle, qui ne perd jamais le nord, saute de son fauteuil.

– Mais c'est super ! Vous êtes l'homme providentiel pour moi ! Wow !

– Vous êtes en terminale ? demande Bernard.

– Oui, et notre professeur de philo, en congé de maladie, n'a pas été remplacé, je suis complètement perdue.

– Je serais ravi de parler de philosophie avec toi.

– Samedi après-midi ?

– Vous savez, mon agenda est vierge.

– Je peux venir avec un copain ?

– Avec qui vous voulez. Je vais un peu réviser votre programme.

Praline grogne de plus belle. Bernadette est sur le point de proposer de la ramener à la maison quand la chienne saute sur le pauvre Bibop, cinq fois plus grand qu'elle.

Un couple se forme, différent de celui qu'ils espéraient. Bernadette disparaît avec Praline dans un au revoir prématuré. Lulu et Bernard boivent son vin rouge en parlant de la liberté, rejoints par Léonard qui est rentré du travail. Lulu invite Bernard à dîner. Et Annabelle est aux anges car son gros souci en philosophie est sur le point de se résoudre.

Certes, le couple qu'elle voulait offrir à Samuel n'a pas pu se former à cause des chiens, mais eux, ils auront peut-être une bonne note au bac.

« Sœur », ça rime avec « cœur » / Two sisters, one heart

– Alors, tu es amoureuse ?

Lulu et Aimée sont installées autour d'une table dans leur restaurant thaï préféré. Elles choisissent le menu de midi car elles savent qu'elles peuvent faire confiance à tout ce qui sort de cette cuisine.

– Si « amoureuse » signifie la certitude d'avoir enfin trouvé le bonhomme qu'il me faut, OUI !

– Pourquoi es-tu sûre ?

– À cause de ce bien-être qui m'envahit lorsque nous nous promenons ensemble, partageons chaque moment, autour d'une table, lorsque nous lisons côte à côte et au fond du lit.

Sa sœur ne se gêne pas, ne se censure pas, dit tout, y compris les détails les plus intimes et même ceux que Lulu ne cherche pas à savoir.

– Et le Qatar ?

– Tu peux le garder !

– Ça ne t'a pas plu ?

– J'ai bien aimé l'hôtel de luxe, le voyage en classe affaires, la journée en jeep à surfer sur les dunes dans le désert.

– Et les gens ?

– Une très belle soirée avec les amis de Sydney, une Égyptienne mariée à un Français qui a chanté en russe. Elle nous a appris la danse du ventre.

Aimée se lève, dénude son ventre et fait une démonstration. Lulu a l'habitude de la spontanéité de sa sœur. Elle aimerait pouvoir être comme elle.

– C'est tout ?

– J'ai eu de la peine pour les ouvriers immigrés fuyant la misère du monde. Ils travaillent comme des esclaves pour envoyer leurs salaires à leurs familles en Inde, aux Philippines, au Sri Lanka, vivent dans des camps, passent quelques années comme en prison pendant que les Qataris flânent dans les centres commerciaux et achètent des stocks de sacs et de chaussures de luxe qu'ils portent avec leurs niqabs. Non, ce n'est pas un pays « aimable ».

– C'est beau, au moins ?

– C'est plat, moche et poussiéreux, à part les gratte-ciel étonnants.

– Alors pourquoi Sydney t'y a amenée ?

– Ça m'intéressait de voir une fois dans ma vie un pays du Golfe. Une fois me suffit. Mais Sydney y a passé trois années et il s'est fait des amis. Je ne regrette pas d'y être allée. Et puis j'étais avec lui.

– Et la suite ?

– Tu sais prévoir l'avenir ? J'espère que nous allons continuer à nous voir, tant que le bonheur y est.

– Tu le revois quand ?

– Ce soir ! Mais ce n'est pas facile. Il a tellement d'obligations, de dîners, de déjeuners, de réceptions, de travail. C'est un homme public. Je prends les choses comme elles viennent. Tu sais que ça a toujours été ma politique. On vient de deux mondes, deux langues, deux civilisations différentes.

– Et quand il finit sa mission et repart dans un autre pays, ou bien retourne chez lui, tu fais quoi ?

– Je le suis ou je reste. On verra. Une infirmière peut travailler partout. Ou ne pas travailler ! Je peux me convertir.

– En femme d'ambassadeur ? En poule de luxe ? En fée du logis ?

– En amoureuse soumise !

Être amoureux ou aimer/To be in love or to love

Dans leur niche de mathématiques et d'amour, Annabelle cherche la solution à un problème difficile. C'est Samuel qui la trouve. Annabelle est pleine d'admiration.

Elle voudrait lui demander s'il est amoureux d'elle, mais au moment où la question surgit, il la regarde tendrement et elle sait qu'il l'aime.

– Je t'aime ! lui dit-il.

Et cette fois, elle pense que cela devrait pouvoir lui suffire.

Novembre / November

Le mois de novembre, sombre et froid, passe à toute vitesse entre les cours au lycée, la famille, les devoirs, la musique et le point culminant chaque semaine, la leçon de philo avec Bernard. C'est un poète. Annabelle ne croit pas qu'il aurait pu former un couple avec Bernadette et elle est toujours en quête de l'âme sœur pour lui. Samuel pense à l'une des secrétaires qu'il aime bien à l'ambassade et ils les invitent tous les deux au repas de Thanksgiving présidé par Aimée, sa seule et unique tante préférée. Les grands-parents de Samuel montent à Paris pour l'occasion, pour prêter main-forte pour le grand repas. N'étant pas une spécialiste, Marguerite confie la dinde à Charles, mais elle veut bien tenter de préparer l'horrible tarte au potiron. Anatole se sacrifie pour engloutir les expériences ratées dans la cuisine de Lulu.

En fait, ils font deux repas de Thanksgiving, un officiel avec cent personnes et un en famille dans l'immense cuisine de l'ambassade, avec les Kvell grands et petits. Anatole le goinfre est vraiment heureux. L'Amérique et ses traditions sont bien entrées dans leur vie. Le mois précédent, c'était Halloween et sa fête des fantômes. Sydney avait acheté un camion de citrouilles dans lesquelles ils ont taillé des visages, planté une bougie et qu'ils ont fait flotter sur la Seine avec tous les enfants du personnel. Ils ne sont pas allés de maison en maison comme en Amérique, quémandant bonbons et sous.

Samuel dit que son père a beaucoup changé et qu'il n'aurait pas pu rêver mieux pour lui. Il adore Aimée. Sydney constate aussi un grand changement chez son fils, habituellement si réservé et solitaire. La France les a transformés en boute-en-train. Paris, la France, pays de l'amour.

Ou est-ce les filles de cette famille franco-sud-ouesto-polonaise ?

Léonard contre Noël/Léonard versus Christmas

Léonard n'est pas un juif pratiquant, mais il se sent profondément juif. Il amène les enfants chez des amis à la Pâque juive pour le repas rituel, il va encore à la synagogue des Victoires le jour de Yom Kippour (juste une demi-heure à la fin) et il jeûne. Il le fait malgré lui, malgré sa laïcité, malgré ses choix. Il regrette de priver ses enfants de certaines richesses du judaïsme, qu'ils n'aient pas appris l'hébreu, qu'ils n'aient pas fait leur bat et bar mitzvah, qu'ils ne suivent pas les traditions les plus réjouissantes et surtout qu'ils ne connaissent pas ses parents, leur histoire, l'Histoire, la sensibilité, la sagesse des pères, la Bible, les chansons yiddish, le folklore, l'appartenance, l'identité.

Et lui, qu'a-t-il fait de cette culture ? Il l'a en lui, c'est tout.

Il tient à leur présence à une fête organisée à

la maison, à laquelle s'est ralliée Lulu : Hanoukka. Selon le calendrier lunaire, cette fête dite « des Lumières » tombe au moment le plus sombre de l'année, autour de Noël. Toute la famille se réunit au moment de la hanoukkia, le chandelier à neuf branches. À chaque tombée de la nuit pendant huit jours, on ajoute une bougie en disant les bénédictions, et puis on échange des cadeaux. Lulu a appris à faire des « latkes », les crêpes aux pommes de terre. Toute la famille aime cette fête, et Léonard se sent enfin chez lui… chez lui.

Mais tous les ans, à la même époque, Léonard et Lulu ont les mêmes disputes avec les mêmes mots, les mêmes phrases et le même résultat : une énorme fâcherie qui assombrit la période de Noël. Et quelle en est la cause ? Noël !

Lulu adore Noël, Léonard déteste. Elle veut décorer l'arbre avec les boules conservées précieusement depuis son enfance. Il refuse de faire entrer un arbre de Noël dans sa maison. Il accepte d'inviter sa famille, mais sans arbre, sans Père Noël, sans guirlandes, sans symboles ; en gros, Noël… sans Noël.

– C'est la plus belle fête de l'année ! Je ne veux pas priver mes enfants de cette joie, je ne veux pas me priver de cette joie.

– Ta plus belle fête de l'année était l'occasion des

pires pogroms commis en Europe de l'Est. Je ne peux pas célébrer une journée où les synagogues ont été mises à feu, les juifs assassinés, leurs maisons saccagées.

– Il y a eu des pogroms tous les jours de l'année, c'est pas parce qu'une bande de brutes a régné que tu dois t'enterrer vivant.

– C'est à Noël qu'ils ont le plus saccagé. Je ne peux pas faire la fête le jour où mes ancêtres ont tant souffert.

– Si tu te mets à vivre selon le calendrier des souffrances juives, tu peux te flinguer tout de suite. Laisse mes enfants vivre.

– Tes enfants, en l'occurrence MES enfants, peuvent très bien vivre SANS Noël. Je ne te demande rien à Rosh Ha-Shana, à Soukkot, à Pourim, rien à Tisha Beav, ne me demande rien à Noël !

Annabelle et Anatole connaissent par cœur ces échanges qui ont lieu quelques semaines avant Noël, ce qui n'empêche pas Lulu de préparer clandestinement les cadeaux, les gâteaux, le repas. Mais elle sait qu'elle doit céder pour l'arbre.

Les enfants Kvell sont assez indifférents à Noël. Anatole est toujours heureux de manger et Annabelle est contente de donner et de recevoir des cadeaux. Ils ont eu une très belle fête à l'ambassade. Ils commencent à s'habituer au luxe de ces fêtes fabuleuses.

Noël est toujours une affaire morose à la maison, et cette année Noël tombe au milieu de Hanoukka, alors ils allument les bougies et après ils prennent le repas de Noël.

– Je pense que c'est le jour où ses parents lui manquent le plus, dit Anatole.

– Je pense qu'il est temps qu'on y aille, répond Annabelle. Il est temps que nous comprenions ce qui s'est passé.

La visite chez les inconnus intimes/
The visit to the intimate strangers

C'est les vacances et Samuel est quasiment installé chez les Kvell ; son père et Aimée sont partis à Prague. Selon l'emploi de temps établi par Annabelle, ils ne travaillent que les trois quarts du temps, le reste étant consacré au « fun », cinéma, excursions, télé et lecture.

Un matin, ils décident tous les trois d'aller au restaurant Brunch pas loin de chez eux. Sur le trajet, ils passent devant l'immeuble des Kvell seniors. Anatole, obsédé par l'idée de manger, ne veut pas entrer dans cet immeuble maussade. Mais il ne peut pas résister à la force de conviction de sa sœur. Ils se glissent derrière un habitant de l'immeuble. À mi-chemin de l'appartement des grands-parents fantômes, Annabelle s'exclame :

– Il faut quand même apporter quelque chose. C'est Hanoukka.

– Avec quel argent ? demande Anatole.

– Avec l'argent du Brunch. Vite, il y a tous les magasins casher en face.

Ils rebroussent chemin et font la queue à la boulangerie. Ils achètent des « soufganiot », sorte de beignets que l'on mange à Hanoukka en Israël.

– They're Jelly doughnuts ! dit Samuel.

Puis ils sonnent chez les Kvell. Le clic de la porte leur permet d'entrer.

– J'espère qu'elle ne va pas s'évanouir, cette fois, dit Anatole, qui espère surtout que ce couple bizarre de grands-parents va leur offrir l'un de leurs beignets. Il a le cœur qui bat néanmoins, ce n'est pas tous les jours que l'on rencontre de la famille inconnue. Il sait qu'il n'aimera jamais ces gens comme il aime mamie. D'ailleurs où étaient-ils toutes ces années ? Et puis ils l'empêchent d'aller au Brunch !

Cette fois, ils se tiennent tous les deux devant la porte. La grand-mère ne s'est pas évanouie, elle a juste fondu en larmes en serrant Annabelle dans ses bras. Annabelle – elle ne sait pas vraiment pourquoi – est gagnée par l'émotion. Le grand-père, ne sachant pas quoi faire d'autre, offre sa main à Anatole. Samuel, si bien élevé, se tient à l'écart.

Annabelle, comme toujours, a un plan : 1) les rencontrer et essayer de mieux les connaître 2) rattraper le temps perdu en parlant de son frère et d'elle 3) les convaincre de venir à la maison pour faire la paix avec leur fils 4) parler de sa mère, certes non juive mais néanmoins un être humain.

Elle a du mal à initier son programme puisque sa grand-mère ne peut pas la lâcher. Quand enfin elle se sépare d'elle, elle saute sur Anatole en disant : « Comme tu es maigre ! » C'est qu'elle ne voit pas combien le petit ogre mange. Et en direction d'Annabelle : « Comme tu ressembles à ma mère ! » Et là elle se remet à pleurer en montrant la photo d'une grosse mémé dans un cadre doré.

Ils sont tous debout et tout ce qu'Annabelle trouve à dire c'est :

– Je vous présente Samuel.

Ils ont l'air satisfaits du prénom.

– Il est américain. C'est notre ami.

Personne ne sait quoi dire d'autre. Parfois, quand on a trop à dire, les mots ne sortent pas. Heureusement, le papa de Léonard les invite à s'asseoir.

Anatole tend alors la boîte de beignets à sa grand-mère. Elle la garde sur ses genoux sans regarder et sans dire le mot convenu.

Les sofas, les meubles datent des années 1930, ils sont massifs, sombres, sculptés, envahissants. Annabelle a la surprise de voir sur le bahut des douzaines de photos d'elle et d'Anatole. Ça lui permet de briser le silence.

– Comment avez-vous eu ces photos ?

– Dans une enveloppe glissée dans notre boîte aux lettres périodiquement. Deux, trois fois par an.

– Et cela ne vous a pas donné envie de nous voir pour de vrai ?

– On en parlait beaucoup, mais on ne savait pas comment…

– Vous aviez notre adresse, notre numéro de téléphone ? Vous êtes fâchés avec nos parents ? Mais nous ?

– On s'installe dans une idée et on en devient prisonnier, impossible d'en sortir.

– Et quelle est cette idée ? demande Anatole.

– Que Hitler voulait assassiner tous les juifs et ton père a fini son travail.

– Mon père est le plus doux, le plus gentil des hommes, dit Annabelle. Il n'assassine personne.

– Le peuple juif.

Ils sont fous, pense le trio d'amis. Voilà la seule explication.

– Voulez-vous quelque chose à boire ? demande le grand-père en regardant sa femme.

Même Anatole a perdu son appétit.

Sans attendre la réponse, la grand-mère se lève

avec la boîte et quitte le salon. Elle revient avec des verres, les beignets disposés sur une assiette, des serviettes et une bouteille de cidre. L'appétit d'Anatole revient miraculeusement. Il dit :

– On les a achetés en face. Ce sont les beignets de Hanoukka.

– Vous connaissez Hanoukka ?

– Nous allumons la hanoukkia tous les soirs.

– Mais vous ne serez quand même jamais des juifs. Vous n'allez pas continuer les traditions du peuple juif...

– Vous auriez pu nous aider à connaître ces traditions ! s'indigne Annabelle.

– Tu as raison, mais comme je l'ai dit, on est des prisonniers, dit le grand-père. On a survécu, comme on dit, à la guerre, aux persécutions, aux camps de concentration. Mais je ne pense pas vraiment que nous ayons survécu. Le choc, la perte de nos familles respectives, l'effort de tout recommencer, y compris la langue, la sensation d'être des étrangers partout où on se trouve, et puis ton père qui va vers l'ennemi...

– Maman n'est pas votre ennemie, dit Anatole. Elle jeûne avec papa le jour de Yom Kippour. Nous jeûnons tous.

– Mange ! dit la grand-mère, lui proposant un gâteau confectionné par ses soins. Anatole est rassuré.

– Papa a-t-il essayé de vous parler pendant toutes ces années ?

– Il n'a pas arrêté d'essayer. Mais nous, tellement armés d'obstination, d'orgueil, de certitudes, on faisait la sourde oreille. On avait décidé qu'il était mort.

– Êtes-vous prêts maintenant à briser le mur ?

– Vous avez brisé le mur. Merci !

La grand-mère se remet à sangloter.

– Vous êtes invités chez nous pour allumer la dernière bougie.

– Nous y serons, promet le grand-père.

– Nous ne connaissons même pas vos noms…

– Shlomo et Hannah, mais vous pouvez nous appeler Zaydeh et Boubeh*.

– Boubeh, ton gâteau est délicieux, dit Anatole.

Samuel n'a pas ouvert la bouche.

– Il parle français, votre ami ?

– Je pense que je suis trop ému pour parler quoi que ce soit, répond Samuel.

* Zaydeh, Boubeh : termes affectueux pour grand-père, grand-mère.

La leçon de philosophie/The philosophy lesson

Samedi après-midi sonne comme un soupir de relâchement, de bien-être, de détente, annonce la fin de la semaine et un jour et demi sans le lycée et sans le collège. Mais pas sans devoirs ! C'est un plaisir supplémentaire d'aller dans l'appartement de Bernard dont les murs sont tapissés de livres pour discuter de l'amour et de la sagesse. Et, même pendant les vacances, ses leçons n'ont rien à voir avec les devoirs de l'école. Samuel et Annabelle apportent le goûter, et la philosophie s'épanouit entre des gâteaux et du chocolat chaud. Et puisque c'est la période de Noël, ils offrent à Bernard un cadeau : encore un livre pour enrichir son esprit et ses étagères, un nouvel essai sur son ami Spinoza. C'était une idée de Lulu.

Le seul véritable couple à avoir été formé à partir du programme « humanitaire » de Samuel a été Anatole et Bibop. Bernard confie le chien à Anatole qui le promène dans les rues de Paris. Mais Anatole aime aussi écouter les explications de Bernard. Il apprend en s'amusant. Certains profs ont ce talent, d'autres non. Ce n'est pas un métier facile. Mais avec Bernard, ils sentent sa joie de transmettre. Et la joie est contagieuse.

Aujourd'hui, Bernard aborde l'un des thèmes du programme : l'amour. Il demande au trio de noter sur des petits papiers les mots qu'ils associent à l'amour et de les mettre dans un saladier. Après, Bernard pioche dans le bol et lit les mots : tendresse, sentiment, affection, attachement, passion, sexe, chocolat, émotion, couscous, amitié, désir, idéal, bonheur, flamme, érotisme, cornes de gazelle, patrie, chien, séduction, caresses, baisers, poulet rôti, coup de foudre, maladie, altruisme, tristesse, jalousie, haine, tabou, rêve, nourriture, danse, musique, prison, larmes…

– On voit tout de suite dans ce saladier que l'amour est une belle salade ! Et on sait qui a eu l'idée des noms d'aliments ! Montre-moi la liste des sujets.

Annabelle lit : « L'amour rend-il heureux ? Y a-t-il une logique à la passion ? Qu'est-ce qu'être amoureux ? L'amour peut-il attendre ? Le cœur a ses raisons que la raison ignore ? Suis-je libre quand j'aime ? L'amour suffit-il à nous nourrir ? »

– Bon, ça suffit, lequel voulez-vous traiter aujourd'hui ?

– Qu'est-ce qu'être amoureux ? dit Annabelle en regardant Samuel.

– L'amour suffit-il à nous nourrir ? dit Anatole.

– Toi, tu n'as pas le droit de choisir, ce n'est pas toi qui passes le bac. Tu es un simple auditeur libre.

– Je lui laisse mon tour, dit Samuel.

– On va voir s'il y a une différence entre aimer et être amoureux, dit Bernard.

– Ça tombe bien ! dit Annabelle. Moi, je préfère que l'on soit amoureux de moi. Et être amoureuse. Plutôt que d'être aimée comme un couscous, une choucroute, la tartiflette, le cassoulet, que sais-je encore ? Être amoureux, c'est la sensation de planer, une élévation dans les nuages, sur les nuages, un mélange de joie et de peur que ça ne puisse pas marcher. C'est un peu comme être ivre. Et on se demande où on va, et si la sensation va durer toujours. C'est une relation fondée sur la compréhension avec la certitude qu'elle va durer toujours. C'est frénétique et fabuleux. Tu tombes ! Pourquoi éviter la chute ? Tomber équivaut à un étonnement, un éblouissement parce que quelque chose de grandiose t'arrive.

– Et l'amour mûr ? demande Bernard sans attendre la réponse. Tu y arrives avec un bagage d'amours et de pertes. C'est merveilleux aussi à sa façon. Tu ressens encore le plaisir d'aimer et d'être aimé malgré le corps qui flanche, les chevilles qui gonflent, l'organe sexuel qui ne fait plus son travail. Et tu aimes quand même et c'est un miracle.

– La différence entre « tomber amoureux » et « aimer » est que l'un est temporaire et l'autre permanent.

Anatole vient de prendre la parole. Il étonne décidément sa sœur chaque jour un peu plus.

– Tomber amoureux, dit Samuel, c'est un état d'intoxication où on est aveugle aux défauts de l'autre et à l'absence d'intérêts communs et de réelle compatibilité. C'est un état idéalisé, chimique, et considéré dans la culture occidentale comme désirable. C'est le mythe de l'enfance, de Cendrillon et du « ils vécurent heureux » alors que la moitié des mariages finissent par un divorce aux États-Unis. « Aimer », c'est accepter l'autre comme il est, reconnaître ses défauts et s'engager malgré tout. C'est irrévocable. Aimer est la condition la plus puissante de l'humanité, elle nous rend plus vivants, plus créatifs. C'est la plus intense forme d'être.

La discussion se poursuit jusque dans un restaurant du quartier avec Bernard et Bibop, qui est l'incarnation de l'amour inconditionnel.

Tout le monde est étonné quand Samuel déclare solennellement à Annabelle :

– Moi je t'aime, sincèrement, toi tu attends que je sois amoureux. Toi tu attends un feu, un incendie qui dévore tout. Pour moi, tu es la source qui illumine ma vie, qui fait la différence entre abandon et joie, un aperçu de la plénitude. Tu m'as fait découvrir tant de choses, spirituelles, intellectuelles, charnelles. Et moi, qu'ai-je à t'offrir à part ma sincérité et mon amour ? À 17 ANS ?

– Tu es aussi un cadeau de la vie, une des merveilles du monde, et tu m'as offert tes progrès, ta capacité d'adaptation, ton bonheur d'être auprès de moi.

– Le mariage aura lieu quand ? plaisante Anatole, qui essaie de surmonter la petite gêne engendrée par la déclaration de cet amour devant toute la « classe » de philo.

Léonard rêve de ses parents/ Léonard dreams of his parents

Quand il se réveille de son cauchemar, Léonard regarde Lulu profondément endormie à ses côtés. Lulu n'efface pas entièrement la vision d'une bande de juifs orthodoxes qui le poursuit chacun avec une chaussure à la main, mais Lulu est la vraie belle au bois dormant. Il devrait la filmer en train de dormir. Même avec les yeux fermés, elle est belle.

Dans la bande des poursuivants agressifs, il y a ses parents qui essaient de le rattraper, sauf qu'ils n'ont jamais tenté de le contacter, n'ont jamais répondu à ses appels, ses signes, aux envois des photos des enfants. On veut tellement que les parents aiment leurs enfants. Est-ce possible de faire tant de mal à ses parents en se faisant tant de bien ? Qu'a fait cette belle Lulu endormie pour les détourner de lui d'une façon si définitive ? Rien ! Mais ses parents ont des circonstances atténuantes. Ils ont trop souffert et cette souffrance a figé leurs idées.

Léonard décide alors de camper devant leur porte. S'ils veulent sortir, ils devront l'enjamber. S'ils veulent entrer, ils devront se confronter à lui. Pourquoi a-t-il mis si longtemps à comprendre qu'il doit les forcer à retrouver la raison ? Peut-être est-ce Bernard qui l'a aidé avec les discussions autour de leur table. Bernard est devenu un ami précieux pour toute la famille.

Demain lundi, il prendra sa journée pour mettre son plan à exécution. Il apportera un sac de couchage et assez de nourriture pour survivre et il sera le clochard de son immeuble natal de la rue du Faubourg-Montmartre.

Julie voit de ses propres yeux/Julie sees for herself

Jusque-là, Annabelle et Samuel n'étaient que des copains. Elle lui donnait des leçons de français et il semblait anormalement attaché à cette fille que malgré tout Julie aimait bien. En vérité, pas tellement bien… Julie ne sait pas si on peut forcer quelqu'un à vous aimer, mais elle fait tout pour le conquérir. Ce tout va de « se saper à mort », se maquiller, se vernir les ongles, se coiffer, se parfumer, se chausser, et sourire comme une imbécile, jusqu'à gagner le championnat de formation de couples pour « Fleur tardive » afin de l'impressionner, en passant par lui cuisiner des gâteaux, lui offrir des petits cadeaux, essayer de le faire rire. Elle pratique la patience et essaie d'éloigner le désespoir. Elle tente de lui faire une impression du tonnerre, d'être enjouée, de le toucher, de lui prendre le bras, la main, de se rendre disponible corps et âme. Elle se montre à l'écoute et elle se voudrait optimiste. Elle essaie de l'envoûter, de l'embobiner, et elle pense même se faire tatouer son nom.

Il est juste l'homme de ses rêves, un grand Américain assez beau et très intelligent. C'est facile de parler avec lui. Il a quelque chose de majestueux et de hautain tout en étant sympathique et détendu. Elle pense à lui du matin au soir. « Je l'aime ! » se dit-elle à peu près 6 932 fois par jour.

Mais quand elle voit Annabelle et Samuel enlacés se faisant du bouche-à-bouche dans le jardin des Halles, elle sait que les carottes sont cuites. Ce n'est vraiment pas juste, Annabelle ne fait pas le moindre effort, pas une trace de rouge à lèvres, les cheveux le plus souvent ramenés n'importe comment en queue-de-cheval, un jeans et un haut – certes très décolleté –, des tennis même pas de marque.

C'est alors qu'elle décide que ce Samuel est un idiot. Elle le déteste !

Mais elle ne renoncera pas !

Les préparatifs / The preparation

Léonard trouve ses enfants inhabituellement agités ce matin. D'ordinaire, ils dorment jusqu'à midi le dimanche, et là, ils sont déjà dans la cuisine à éplucher des pommes de terre.

C'est vrai que c'est le dernier jour de vacances et que le père de Samuel viendra chercher son fils avec Aimée. C'est vrai aussi que de toutes les fêtes Hanoukka est leur préférée.

Ils vont au marché et reviennent avec des paquets. Ils emballent des cadeaux. Ce qui réchauffe le cœur de Léonard, c'est la complicité de ses enfants, même si Annabelle a toujours le dessus. Il n'y a pas de plus grand plaisir pour un parent que de voir ses enfants bien s'entendre, surtout après les tensions qui avaient existé entre Annabelle et Anatole dans leur petite enfance. À cette époque, Annabelle ne voulait pas reconnaître que son frère était un amour de garçon.

C'est une belle journée d'hiver, et il propose à Lulu et aux (grands) enfants un tour en vélo sur les berges avec une halte dans un petit bistrot pour le déjeuner.

– Vas-y sans moi, suggère Lulu.

– Et sans nous, dit Annabelle, sans vouloir lui faire de la peine. On a beaucoup à faire aujourd'hui, on doit finir nos devoirs.

Léonard décide alors de mettre à exécution son idée seul.

– Ne tarde pas trop, papa, dit Anatole. Il faut que tu m'aides en maths.

Une fois Léonard parti, Annabelle et Anatole mettent leur mère au courant.

– Vous vous rendez compte, vous pouvez causer une crise cardiaque à votre père ! Ou à moi !

Mais Lulu quitte son ordinateur et enfile un tablier. Elle se met en action dans la cuisine, prépare les latkes, ces beignets de pommes de terre que l'on mange à Hanoukka, des gâteaux, une grande salade, des tartines et des canapés.

– Si c'est comme ça, on aurait pu aller au restau avec papa. Quand maman est là, on n'a plus rien à faire. C'est la tornade blanche.

– On va quand même préparer un pestacle pour eux. Tu joues quelque chose ?

Anatole a une idée.

– Et toi ? Tu joues aussi ?

– On va tous jouer, y compris notre Amerloque, dit-elle en plantant un bisou sur la joue de Samuel.

Ils installent les neuf bougies dans la hanoukkia en fer que Léonard a reçue enfant d'un hassid Loubavitch dans la rue près de chez lui. Ils mettent la table et arrangent les cadeaux. Lulu cherche des petits présents pour ces invités imprévus. Elle est heureuse d'offrir un cadeau de taille à son mari : ses parents.

Elle est intriguée mais pleine de ressentiment. Où étaient-ils pendant tout ce temps ?

Le compte rendu d'Aimée et de Sydney/ Aimée and Sydney's report

Sydney et Aimée jaillissent les bras remplis de cadeaux, toujours aussi rayonnants et amoureux. Heureusement qu'ils sont les premiers à arriver. Lulu fait du thé.

– Dommage que maman ne soit pas là aussi avec son « Charly », dit Aimée.

– Je pense qu'un couple de parents va suffire aujourd'hui.

Elle raconte la visite imminente de ses beaux-parents.

– En anglais, on appelle les beaux-parents « inlaws », mais certains disent « outlaws », dit Sydney en s'agrippant à la main d'Aimée.

Ces deux-là sont allés très vite droit au but. On dirait un vieux couple toujours amoureux.

– Quel événement ! Tu vas enfin avoir des beaux-parents !

– Alors, Prague ? demande Annabelle en sautant sur sa tante.

– Il faisait froid, rien que d'y penser je suis frigorifiée. Mais avec de beaux moments chauds, dit Aimée en regardant tendrement Sydney. En plus, c'est certainement la plus belle ville du monde. La ville de Kafka.

– C'est pour cela que je voulais te la montrer, malgré le froid.

– Et les saucisses grillées dans la rue ! J'ai dû en manger 300 !

– Bravo ! dit Lulu. Ça va t'arranger !

– Tiens, je pourrais raconter à tes « outlaws » le cimetière juif et toutes les synagogues, dit Aimée en essayant de changer de sujet.

– Aimée, on verra. Surtout ne parle pas des saucisses, à moins qu'elles ne soient casher. Je suis assez nerveuse. En plus, c'est une surprise pour Léonard, comment va-t-il la prendre ? J'ai peur du choc. Les enfants m'ont rendue complice sans me demander mon avis.

Lulu raconte à Sydney comment ils ont symboliquement enterré leur fils quand il s'est marié avec elle.

– Je connais ça ! J'étais aussi le goy interlope dans la famille de ma femme. Je savais que nous avions quelque chose en commun !

– Et tu n'as rien fait pour les convaincre, toi, le diplomate ?

– Je voulais le faire, surtout quand Samuel est né, mais ils sont tous morts rapidement. Ma femme, et ses parents après elle, comme une malédiction.

– La punition pour s'être mariée avec vous ?

– Qui sait ?

La hanoukkia/The hanoukkia menorah

Lulu aurait voulu les haïr, mais ces deux personnes sur le seuil de sa porte, chétives, brisées, timides, courbées, humbles, lui inspirent plus de pitié que de haine.

– Entrez, dit chaleureusement Lulu, souhaitant qu'ils se sentent à l'aise comme n'importe quel autre invité. C'est un grand jour ! J'ai patienté longtemps pour vous rencontrer.

Shlomo et Hannah avaient tellement diabolisé cette femme dans leur imaginaire qu'ils ne s'attendaient pas à une beauté aussi éblouissante et à un accueil si bienveillant.

Annabelle prend ses grands-parents dans ses bras et Anatole suit son éminent exemple. Samuel présente son père et Aimée, l'amie de son père, la sœur de Lulu, la tante d'Annabelle et d'Anatole.

– J'ai beaucoup de titres ! s'exclame Aimée, qui aurait préféré jouer le rôle diabolique de Lulu, sans son maquillage macabre, ses bijoux joujoux, son énormité. Mais son cœur et sa bonté sont trop évidents. Elle les porte sur son visage.

– Je vous propose un thé ou quelque chose de plus fort ?

– Un thé serait le bienvenu avec ce froid, dit Shlomo avec un accent.

Ils sont tous en train de boire calmement le thé quand Léonard tourne la clé dans la serrure. Lulu n'a pas le temps de l'aider à accuser le choc. Mais Léonard se dirige droit vers ses parents et les prend dans ses bras à tour de rôle avec un gémissement :

– Mamele ! Tateniou ! J'ai tant rêvé ! Vous m'avez tant manqué.

Annabelle n'a jamais vu son père pleurer. Ses larmes ont un goût de champagne.

Léonard, en sueur après sa balade en vélo, va se changer. Quand il revient, Lulu invite l'assemblée à allumer les bougies de Hanoukka.

– Attendez, dit Hannah. Je voudrais offrir ceci auparavant à ma petite-fille qui a eu le courage de venir nous chercher.

Annabelle défait le paquet pour révéler une immense, splendide hanoukkia en argent.

– On peut l'utiliser tout de suite ?

– Je voudrais vous raconter son histoire. C'est une

longue histoire, mais je vais faire court. Avant d'être arrêtés, nous avons demandé à un voisin, qui était fermier dans la campagne où nous étions cachés, de garder pour nous quelques trésors. À Hanoukka, Shlomo est allé chercher cette hanoukkia chez le fermier pour qu'on puisse célébrer la fête comme il le fallait. Et cette nuit-là, la Gestapo a brûlé sa ferme. La hanoukkia est tout ce qu'il nous reste de nos parents. Nous l'avons enterrée et retrouvée après la guerre.

– Pour moi ?

– Oui, pour toi, pour tes enfants, et les enfants de tes enfants.

Annabelle est bouleversée. Elle couvre encore de baisers leurs joues et met les bougies dans la hanoukkia. Et elle fait les bénédictions avec Anatole. Shlomo et Hannah sont étonnés qu'ils les connaissent. Lulu les chante aussi, puis enchaîne avec Maoz Tsour.

L'échange des cadeaux est joyeux. Pour Anatole, de la part de ses nouveaux vieux grands-parents : une coupe en argent pour faire le kiddoush. Pour Léonard, l'album de photos de son enfance. Pour Lulu, du parfum. Et même un stylo en forme de tour Eiffel pour Samuel. C'est toujours mystérieux et tentant d'ouvrir un paquet-cadeau. Aimée et Sydney ont rapporté de Prague des monceaux de paquets, des objets artisanaux que chacun découvre avec allégresse.

À table, les latkes de Lulu ont beaucoup de succès.

– Ils sont parfaits ! dit Hannah, surprise.

Personne ne demande d'explications à Shlomo et Hannah. Ils ont assez de sagesse pour profiter de ce moment exceptionnel et pour écouter le concert du trio AnnaAnaSam.

– C'est le plus beau jour de ma vie ! s'exclame Léonard en serrant ses parents dans ses bras.

Parfois la vie récompense de toutes les peines qu'elle suscite. Annabelle pense que sa vie est devant elle, mais jamais, même si elle réussissait à faire un nouveau miracle, il ne serait aussi beau que celui-ci. Les larmes lui montent aux yeux et coulent sur ses joues. Et toutes les personnes réunies dans la pièce sont dans le même état.

Janvier/January

Les réjouissances sont suivies d'un mois de janvier morose. Pluie, même neige, pluie à nouveau, froid nuageux, bien éloignés de l'été dernier et de l'été prochain. Ça s'appelle l'hiver, mais pas l'hiver de Bruegel, ou l'hiver suisse. À Paris l'hiver est triste, dans la grisaille.

Les bacs blancs s'enchaînent.

Il y a aussi une nouveauté dans la vie des Kvell juniors : ils rendent visite tous les samedis midi aux Kvell seniors. Ils découvrent la gastronomie ashkénaze assez naze à part le bouillon de poulet avec des « kneidlach » (boulettes). Lulu est contente parce que ça fait un repas de moins à préparer. Elle apprend à apprécier et à pardonner ces étranges beaux-parents, même si elle n'est pas sûre qu'ils lui pardonnent de ne pas être juive. Elle aide Hannah à débarrasser puis elle disparaît. Léonard reste l'après-midi avec eux, et les enfants vont chez Bernard. Il n'y a pas de revendications, de culpabilité, de regrets, mais Shlomo et Hannah commencent à se rendre compte que l'on peut tout de même être un « mensch »* sans être juif. Dix-sept ans de perdus au nom d'un principe erroné. Toutes les étapes, toutes ces pages de la vie de ces enfants adorables, arrachées du livre. Soyons heureux avec ce qu'on a, se dit Hannah.

Samuel est souvent présent à ces déjeuners, il est curieux de connaître l'histoire de ce couple, qui est différente de celle de ses grands-parents, nés aux États-Unis. Ses arrière-grands-parents sont nés en Ukraine, où la violence extrême contre les juifs est légendaire. Sans leur courage qui les a poussés à gagner le Nouveau Monde, il ne serait pas là. La vie tient à peu de chose.

Annabelle et Samuel vivent simplement ensemble, ils étudient, se promènent, mangent et échangent des caresses tous les jours.

Annabelle aimerait tant soutenir le projet de Samuel. Julie a déjà créé sept couples. Ce n'est pas une compétition, mais il n'empêche qu'Annabelle aimerait faire un geste. Mais comment ?

* quelqu'un de bien, une bonne personne.

Devoirs chez Bilgi/Homework at Bilgi's

Anatole adore aller chez Bilgi. Il y a toujours des gâteaux orientaux délicieux. Et Anatole n'apprécie pas la solitude. Les jours où il est seul à la maison, il ne lâche pas son ordinateur. Quand ses parents rentrent, il fait semblant de se concentrer sur un cahier d'école quelconque.

– Tu n'as pas fait trop de jeux électroniques aujourd'hui ?

– Non, non, ment-il comme s'il était dupe de son propre mensonge.

Il n'y a pas d'ordinateur chez Bilgi. Ils vivent encore au siècle dernier. Par contre, il y a la télé, toujours branchée et très fort. Ça fait une douce compagnie, les empêchant de se pencher sur leur raison d'être ensemble : travailler.

Dounia est toujours assise à la même table. Bonne élève, elle fait ses devoirs pour de vrai. De temps en temps, Anatole lui vole un regard furtif. Et il rêve. Il a pris Samuel et Annabelle en flagrant délit d'échanges fougueux de baisers. Ils avaient l'air de vivre dans un film bienheureux.

Quand viendra son tour ?

Vacances au ski / Skiing vacation

À l'exception de ce voyage organisé par la Ville de Paris à Mouthe, la station où le climat jurassien se rapproche le plus de celui de la Sibérie, Annabelle et Anatole n'ont jamais fait de ski. Quand Aimée et Sydney proposent de passer une semaine en Suisse, Anatole est au septième ciel, mais Annabelle n'est pas certaine de vouloir renoncer à une semaine de travail.

– On peut travailler les après-midi, on sera super en forme après nos matinées sur les pistes, suggère Samuel.

– C'est une occasion à ne pas rater ! dit Sydney. De toute façon, j'ai déjà fait la réservation.

Annabelle n'a plus rien à dire, seulement à suivre le mouvement. Léonard aime tant skier mais il ne peut pas s'absenter une semaine du travail.

– On ira tous les soirs au restaurant et au cinoche, dit-il à Lulu pour se consoler.

– Oui, oui… répond Lulu, qui ne croit pas un instant à de cette promesse.

La culpabilité de Léonard/Léonard's guilt

Cela fait longtemps que Léonard n'a pas apporté de fleurs à Lulu. Cela fait un moment qu'il ne l'a pas comblée de petites attentions délicates : un petit déjeuner au lit, un voyage impromptu vers une destination mystérieuse, un repas libanais livré avec ces mots : « Ne prépare rien ce soir », des billets de dernière minute pour une pièce de théâtre, un concert, l'Opéra, une visite au spa du quartier, des messages romantiques envoyés tout au long de la journée, une carte postale de Paris glissée dans le courrier, un CD, un livre, un bijou, des surprises, un bouquet de ballons multicolores.

Cela fait longtemps qu'il ne lui a pas dit qu'elle est héroïque de poursuivre sa recherche, de travailler comme une fourmi, de faire tourner la maison, qu'elle est formidable, qu'il l'admire, l'apprécie, l'aime. Cela fait longtemps qu'il pense plutôt à lui.

Cela fait longtemps qu'il ne l'a pas entourée de ses

bras dans une étreinte à lui couper le souffle, qu'il n'a pas fait un truc loufoque : lui envoyer une photo de lui en train de loucher ou l'entraîner dans un photomaton comme ils le faisaient au début pour capturer leur amour en quatre prises, dessiner un visage souriant avec des fruits sur l'assiette du petit déj, offrir un nounours ou une poupée à l'enfant qui est en elle ou un grand pénis en caoutchouc pour l'adulte, regarder une comédie romantique, lui préparer un bain moussant avec des bougies flottantes, apprendre une chanson qu'elle aime et la lui chanter à tue-tête, l'amener au zoo, aller danser, nager au milieu de la semaine entre midi et deux.

Ça fait longtemps qu'il ne l'a pas simplement écoutée, qu'ils n'ont pas parlé cœur à cœur, qu'ils ne se sont pas promenés la main dans la main ou bras dessus, bras dessous, qu'il ne lui a pas volé un baiser ou massé le cou et les épaules quand elle se trouve devant son ordinateur.

Ça fait longtemps qu'il n'a pas répété ce qu'il lui avait dit il y a si longtemps : « Merci pour chaque minute que tu as passée avec moi et pour chaque baiser que tu m'as donné. »

Il sait que l'amour ne pousse pas tout seul : il faut bien sûr le planter, puis l'arroser, enlever les mauvaises herbes, bêcher, chérir et surtout en jouir.

Les méditations de Lulu/Lulu's meditations

Il y a des moments où Lulu ne comprend pas pourquoi les gens qui réfléchissent font des enfants. Cette semaine de ski est un cadeau du ciel où chaque moment de silence, de liberté, de paix sur terre lui permet de respirer profondément et d'apprécier la vie. C'est comme si un énorme poids lui avait été enlevé. Son temps lui appartient. Elle peut se permettre de traîner, de laisser s'immiscer dans sa vie une forme de paresse, d'avancer tranquillement un pas après l'autre sans être dérangée par : « Maman, il n'y a plus de slips » ou : « Maman, j'ai faim. » Pendant quelques jours, elle est libérée de leurs emplois du temps, de leurs devoirs, de leur musique et de leurs inquiétudes sur leur avenir.

Mais elle n'imagine pas la vie sans eux. Ils sont son soleil et sa lune. Elle est véritablement reconnaissante que la vie lui ait offert ces deux êtres, garçon et fille, avec tout ce qu'ils engendrent comme contrariétés malgré tout. Elle espère tellement que sa sœur se mettra rapidement à procréer !

Lulu chantonne ! Elle regarde autour d'elle, les étagères de livres, la maison chaleureuse et bien aménagée, le lit qu'elle partage avec Léonard.

Léonard ! Le pauvre. Elle n'est pas toujours drôle. Elle a relâché ses efforts pour le séduire. Ça fait longtemps qu'elle ne s'est pas acheté des sous-vêtements sexy. Tant pis s'il ne fait pas la cuisine ou les courses. C'est un homme bon, réfléchi et gentil. Il faut accepter ce que l'on ne peut pas changer !

L'arrogance des gens heureux, se dit Lulu. On pense que ça va continuer sans notre attention, que l'on peut simplement se reposer sur ses lauriers, ne pas chercher à se faire aimer, laisser stagner et pourrir ce bonus dans la vie. Il m'aime, il n'y a donc plus rien à faire.

Lulu sort acheter des culottes sexy.

La Saint-Valentin / Valentine's Day

– Ça va ? demande Lulu, heureuse de recevoir l'appel téléphonique des enfants.

– Oui ! C'est une journée magnifique et puis il y aura un dîner aux chandelles dans le restaurant de l'hôtel.

– C'est bon ?

– C'est divin. Il faut que mamie vienne un jour.

– Et Aimée ?

– Elle ne veut pas encore skier mais nous y travaillons.

– Ça va bien alors…

– Ça ne peut pas aller mieux ! disent Anatole et Annabelle en chœur.

Lulu raccroche avec un soupir de satisfaction. Que demander de plus que le bonheur de ses enfants… loin d'elle !

Elle porte sa nouvelle culotte et elle prépare

amoureusement un dîner exclusivement composé de tartes. Elle aurait aimé faire des tartes rouges : aux tomates en entrée, aux fraises en dessert, mais ce n'est pas la saison. Elle fait donc une tarte aux oignons rouges et elle prévoit des steaks tartares (en forme de cœur), du gâteau aux carottes (en forme de cœur aussi). Quand Léonard lui téléphone pour lui dire qu'il a réservé dans son restaurant de rêve, elle ne lui parle pas de ses préparatifs. Ils mangeront son repas demain.

Le restaurant est à la hauteur de sa réputation. Au dessert, Léonard tend à Lulu une petite boîte comme s'il allait la demander en mariage.

– Nous sommes déjà mariés, dit-elle en rigolant.

– Ouvre.

Dans la petite boîte d'un joaillier chic et cher sont nichées des boucles d'oreilles en forme de cœur, un cœur en verre serti d'or avec un diamant qui se promène à l'intérieur. Lulu les convoitait depuis longtemps.

On a beau se dire que l'argent ne fait pas le bonheur. C'est vrai. Est-ce qu'elle a besoin de ces bijoux supplémentaires dans une vie où elle est déjà tellement gâtée ?

Ouiiiiiiiiiiiiiiiiiiiiiiiiiiiiiiiiiiiiiiii !

Yupiiiiiiiiiiiiiiiiiiiiiiiiiiiiiiiiiiiiiiiiiii !

En Suisse/In Switzerland

– Oh là là ! ne peut s'empêcher de dire Anatole en découvrant les buffets de l'hôtel l'Hermitage à Schönried.

– Oh là là ! dit Annabelle en entrant dans leur chambre de luxe avec son balcon qui donne sur les montagnes enneigées, la piscine chauffée, un monde blanc d'une beauté inimaginable.

– Oh là là ! dit Aimée face aux jeunes femmes en uniforme folklorique qui leur tendent des serviettes chaudes pour les accueillir. Elle n'a jamais connu autant de luxe et de splendeur. Elle n'a jamais appris à skier. Pendant les vacances, Lulu et elle faisaient le service au restaurant familial.

Sydney et Samuel sont blasés, mais ils apprécient les réactions de leurs convives. La conversation à table est joviale et stimulante.

Aimée ne veut pas faire de ski.

– Je suis trop vieille ! Je tiens à mes jambes et à mes bras ! Je passerai la journée au spa.

Sydney n'essaie pas de la forcer. Il espère qu'elle va y venir d'elle-même avant la fin de la semaine, contaminée par l'enthousiasme des autres. À la fin de la journée, ils se retrouvent tous au spa, dans la piscine plantée en pleine neige, dans le jacuzzi, le hammam, le sauna. Il y a même un buffet avec des thés variés et des fruits confits.

Sur les pistes, Annabelle est terrifiée, mais elle fonce. Anatole, grand sportif, n'a aucun problème à suivre Samuel et Sydney. Annabelle se sent bien uniquement lorsqu'elle enlève les skis loués à l'hôtel. Elle fait quelques devoirs avec Samuel, mais c'est plus symbolique qu'efficace.

L'anniversaire d'Anatole tombe au milieu de leur séjour. Sydney a commandé un repas spécial. Annabelle a comploté avec le pianiste œuvrant au salon pour qu'il l'accompagne. Elle chante devant tout le monde pour son frère. Et elle sait vraiment chanter !

Les cadeaux achetés dans les magasins pour touristes à Gstaad rencontrent un meilleur accueil que le baiser du maître d'hôtel. Anatole devient une véritable tomate.

Transportée par ce plaisir et ce bonheur collectifs, Aimée accepte de suivre sa première leçon de ski.

Sydney est son instructeur sur les pistes de bébé. Elle est tellement encouragée par ses premiers résultats qu'elle le suit au tire-fesses. Euphorique à l'idée d'apprendre quelque chose de nouveau et de vaincre sa peur, elle vit sa première journée de ski. Tant pis si chaque muscle de son corps hurle.

Mais lors de sa deuxième journée de ski, qui est aussi leur dernier jour de vacances, Aimée tombe et se casse le tibia. Après un passage aux urgences, elle rentre à Paris, plâtrée mais de bonne humeur. Sur le chemin du retour, dans le 4×4 loué par Sydney, Aimée est couchée comme une diva sur la banquette arrière pendant que Samuel et son père discutent des souvenirs de « guerre » sur les pistes.

– Il va falloir t'installer à l'ambassade, dit Sydney, où il y a du personnel pour s'occuper de toi.

La vie a sa façon d'aider la vie !

Vite, un couple !/Hurry up, need a couple!

C'est en rentrant qu'Annabelle rencontre Fred, mal habillé, avec ses allures de clochard, plutôt gros, chauve, vieux et mal rasé, mais avec un caniche au bout de sa laisse. N'est-ce pas le signe d'un couple créé au paradis ? Dommage qu'elle ne l'ait pas trouvé avant la Saint-Valentin. Bernadette aurait pu elle aussi profiter d'un dîner aux chandelles, même si ce Fred n'a pas l'air de pouvoir payer même un café à la voisine.

Son premier réflexe est de chercher Anatole comme porte-parole, mais Fred l'aborde et se présente en réponse au sourire engageant d'Annabelle.

Elle démarre l'interrogatoire en imitant Anatole : qu'est-ce qu'il fait ? comment s'appelle le chien ? où est-il né ? qu'est-ce qu'il aime dans la vie ? et la question clé : est-il marié ? Le chien s'appelle Moustafa, lui est retraité : il est né en Roumanie, il aime Paris, il est deux fois divorcé.

– Je n'ai pas beaucoup de temps, je traversais le jardin pour aller étudier avec un ami, mais est-ce que vous voudriez venir prendre le thé chez moi dimanche prochain ?

– Venez plutôt chez moi. Il lui donne sa carte.

– Mais on sera quatre et un caniche.

– J'aime les caniches.

La question est : est-ce que les caniches vont s'aimer ?

Marguerite dans les étoiles/ Marguerite up in the stars

D'abord appeler Lulu, son aînée, sa magnifique Lulu, son élue pour recevoir la grande nouvelle.

Mais la voix de Lulu, épuisée, avec son « allô » qui signifie au revoir, est des plus rabat-joie.

– Lulu, Lulu ! J'ai eu ma deuxième étoile !

– C'est bien, maman, je ne peux pas te parler.

Clac !

C'est tout ce que cela lui fait ? pense Marguerite, ce travail d'une vie, ce rêve de ma vie, cet honneur, cette promotion dans le ciel étoilé ? A-t-on vraiment les enfants que l'on mérite ?

Elle se tourne alors vers Aimée. Si elle avait été une meilleure mère, elle se serait précipitée aux côtés de sa fille blessée. Mais Aimée lui a assuré qu'elle est comme une princesse à l'ambassade, avec tout ce personnel aux petits soins. Elle prend tous les jours des leçons particulières d'anglais avec un professeur américain. Elle ne perd pas son temps et elle fait des progrès fulgurants.

– Aimée ! J'ai eu ma deuxième étoile !

– Waouh, maman, super. Je suis en pleine leçon d'anglais. Je te rappelle.

Personne n'a rappelé, ni Aimée, ni Lulu, ni Annabelle, ni Anatole, ni Léonard. Marguerite se demande si Lulu leur a dit.

Bon, disons que la gloire n'est rien que pour elle. Si ce sont ses enfants qu'elle veut impressionner, elle doit laisser tomber !

Il vaut mieux ne pas vivre du tout que d'être dépendant de ses enfants.

Soyez heureux, c'est Pourim/
Be happy, it's Purim

Boubeh Hannah dit que l'on est obligé d'être heureux pendant le mois d'Adar du calendrier juif. « Une fois de plus, on a comploté d'assassiner tous les juifs et, grâce à la reine Esther et à Mardochée, les juifs furent sauvés malgré les intentions du vilain Haman. »

Ils sont tous autour de la table. Zaydeh Shlomo lit le livre d'Esther en hébreu dans la Bible. Comme personne ne comprend l'hébreu, ils mangent les gâteaux, les « hamantaschen », les oreilles d'Haman, des gâteaux assez infects, mais l'ennui les pousse à distraire leurs bouches. Les bons moments sont quand Zaydeh lit le nom Haman : ils doivent alors tous faire du bruit avec les crécelles qu'on leur a distribuées. Il faut masquer le nom détesté par des tapements de pieds, des cris et autres percussions.

Samuel a déjà lu l'histoire en français à Annabelle et Anatole.

Même l'ennui est bon en bonne compagnie.

Les grands-parents ont étrangement rajeuni depuis les retrouvailles avec leur fils. Et Léonard respire autrement, depuis que ses parents occupent le paysage de sa vie. Parfois une larme coule le long de sa joue. Quand le cœur est rempli, ça déborde par les yeux.

Bernadette et le « clochard » / Bernadette and the « tramp »

Après la description de ce Fred romanichel qui s'habille dans les poubelles, il ne fut pas facile de convaincre Bernadette de venir le rencontrer. Samuel a réussi à trouver un argument pour la motiver :

– C'est une aventure ! La seule chose que tu as à perdre, c'est ton après-midi. Et on ne sait jamais où et quand l'amour va frapper !

– Je passe mes après-midi à faire mijoter ma solitude.

– Alors viens ! dit Anatole, prévoyant que le thé est d'ordinaire servi avec des gâteaux.

Bernadette, habituellement coquette et bien habillée, essaie de s'adapter au nouveau candidat de son affection. Annabelle la corrige, lui demande de mettre un pull moins élimé et un pantalon mieux repassé. Plutôt que de se changer, Bernadette noue sa plus belle écharpe autour du cou, le cadeau le plus cher que son mari lui ait offert. Elle passe de justesse l'inspection des trois jeunes.

– De toute façon, un homme deux fois divorcé est rempli d'amertume. Il n'aime sûrement pas les femmes.

– Je n'ai jamais visité l'île Saint-Louis, dit Samuel.

– C'est top chic, un des quartiers les plus chers de Paris. Il doit habiter la cave ou une chambre de bonne.

– Il peut venir vivre chez moi, le pauvre, blague Bernadette.

À l'adresse indiquée, l'immeuble cossu est impressionnant. Sa façade est couverte d'angelots et agrémentée de balcons en fer forgé travaillés comme de la dentelle.

– J'espère qu'il y a un ascenseur pour monter là-haut dans la chambre de bonne, dit Bernadette.

– On prendra le temps qu'il faut, lentement, une marche après l'autre.

Ils prennent l'ascenseur supersonique jusqu'au sixième étage, sonnent à la porte. Un homme qui n'est pas Fred leur ouvre.

– Prenez la peine de me suivre, dit l'homme, très certainement un domestique.

L'entrée est immense, le chemin long pour accéder à un salon aussi vaste que le golfe de Gascogne.

Les deux caniches gambadent rapidement ensemble dans l'harmonie la plus parfaite.

Fred se lève et vient à leur rencontre, toujours vêtu comme un clown avec un pantalon rouge et un pull jaune.

– Peut-être le pull est-il en cachemire, chuchote Annabelle à Samuel.

– En tout cas « red and yellow, catch a fellow »*, dit Samuel.

Les présentations vont bon train. Ils sont invités à s'asseoir sur des sofas aux coussins de plume douillets. Chaque centimètre carré de mur est recouvert par des tableaux. Chaque mètre carré du parquet exhibe des tapis persans. Chaque surface crie l'opulence et la richesse.

Anatole, qui ne voit pas une miette de gâteau à l'horizon, profite de la vue de la Seine, de Notre-Dame, du plus beau Paris qui soit. Tant pis si Paris ne se mange pas, il le mange des yeux.

– Vous travaillez ici ? demande Annabelle.

– Je ne fais plus grand-chose comme travail. Je suis collectionneur d'art mais j'ai vendu mes galeries.

* « Porte du rouge et du jaune, tu attraperas un gars. »

– Vous n'êtes pas le valet alors ?

– J'ai eu le bon sens d'acheter cet appartement quand c'était encore abordable.

Annabelle se demande ce que veut dire « abordable » quand on est riche.

– Pouvez-vous m'indiquer où se trouvent les toilettes ?

C'est la première parole de Bernadette.

– Je viens avec toi, propose Annabelle.

En chemin, Bernadette dit :

– Je viendrai vivre chez lui alors !

– Peut-être qu'il a une chambre d'amis ! Je passerais bien mes week-ends ici.

Samuel et Fred sont en grande discussion au retour des dames.

– Est-ce que je peux vous offrir un rafraîchissement ?

C'est Anatole qui pousse un oui venant du fond du cœur.

Ils suivent Fred dans la salle à manger où la table a été mise pour accueillir la reine d'Angleterre. Une dame sert du thé et du chocolat chaud, tandis que l'homme qui a ouvert la porte propose différents gâteaux.

– Essayez celui-ci, le « lapte de pasare », une spécialité roumaine. Ça veut dire le lait d'oiseau.

– Mais c'est une île flottante ! dit Bernadette. J'adore !

Anatole goûte de tout et il aurait continué jusqu'à la dernière miette si Annabelle n'avait pas annoncé :

– Il faut que nous rentrions travailler. Le bac, c'est bientôt !

Bernadette se lève avec les autres.

– Vous passez le bac aussi ? demande Fred.

– C'est déjà fait !

– Alors restez un peu, j'ai fait préparer aussi un petit souper.

Anatole, qui ne passe pas le bac, voudrait rester aussi, mais Annabelle lui lance un regard incendiaire et il part avec eux.

– Tu es lourd, lui dit Annabelle. Il fallait les laisser seuls.

– J'ai pigé !

En sortant de l'immeuble, Samuel dit un des proverbes qu'il vient d'apprendre.

– Il ne faut pas juger un livre sur sa couverture !

Anatole doit lire ce livre/ Anatole has to read this book

Ils le savent. Il n'y a pas pire punition venant d'un prof sadique que de faire lire un livre. Et quel livre ! Anatole pleurniche, gémit, se lamente. Et toute la famille est au courant ! Terriblement au courant.

D'abord Anatole passe l'après-midi à chercher une version audio, mais quand il voit qu'il faudra cinquante-huit heures d'écoute, il laisse tomber, va à la librairie et achète le livre. Il est gros, écrit serré, et jamais il n'arrivera au bout. La poisse ! Malheur et miséricorde ! Malédiction et malchance ! Horreur et urticaire ! Rougeole et varicelle ! Peste et choléra !

Il lit le premier paragraphe vingt-cinq fois. Le deuxième à peu près autant. Et puis il s'endort. Il s'est promis de lire dix pages par jour, pour finir le roman d'ici la fin de l'année. Mais le prof a donné deux semaines. Sa mère va sûrement lui demander combien de pages il a lu. La sieste se termine comme à chaque séance obligatoire, dans la panique. Il reprend l'objet de son dégoût et relit le premier paragraphe. Le livre se passe en 1819 ! Anatole n'était pas né. Qu'est-ce qu'il a à faire avec ces gens qui vivaient il y a deux siècles ?

« Pourquoi a-t-il besoin de tant d'adjectifs ? » hurle Anatole intérieurement. Il lit à voix haute : « Pour expliquer combien ce mobilier est vieux, crevassé, pourri, tremblant, rongé, manchot, borgne, invalide, expirant, il faudrait faire une description qui retarderait trop l'intérêt de cette histoire et que les gens pressés ne pardonneraient pas. » Si seulement il suivait ses propres conseils de ne pas « faire une description », cet Honoré de Balzac ! Il ne fait que ça ! L'ambition de ce type est de frimer avec son vocabulaire.

L'ambition de la prof est de gâcher la vie de ses élèves.

« Un livre ne doit pas servir de projectile, d'armure ou d'objet de punition. » Anatole ne connaît pas ce Judah de Regensburg qui a écrit cette phrase, mais il est d'accord avec lui.

Printemps / Spring

Marguerite a obtenu que tout le monde vienne chez elle pour fêter sa deuxième étoile pendant les vacances de printemps en promettant à Annabelle et à Samuel de leur accorder du temps pour étudier.

Sydney loue un minibus pour faire le trajet dans le Sud-Ouest. Il partage le volant avec Annabelle et Samuel qui commencent la conduite accompagnée.

Il fait grand beau et le minibus est envahi par la bonne humeur de chacun. Ils sont contents de mettre entre parenthèses leurs soucis quotidiens et de s'accorder cette récréation ensoleillée. Sydney a hâte d'annoncer sa nouvelle. Anatole pense au repas que Marguerite prépare avec tant d'amour. Lulu est contente après tout de voir sa mère. Aimée est heureuse tout court. Seul Léonard boude parce que ses parents les ont invités au seder, le repas rituel de Pessah, la Pâque juive, et qu'il a été obligé de les abandonner pour faire cette excursion gastronomique pas casher.

Anatole a dans son sac à dos le livre qu'il n'a toujours pas fini. Pour ne pas perdre le temps du voyage, Samuel le lui lit. Et Anatole, bercé par l'accent de cet ami dévoué, s'endort.

C'est simple, la littérature l'endort.

Annabelle a une mauvaise note/
Annabelle gets a bad mark

Sa vie est finie ! Jamais Annabelle n'a eu une note aussi catastrophique. En maths en plus ! Elle voudrait mourir. Dans une vie jalonnée de notes glorieuses, une mauvaise note est un messager du malheur.

Ils ont trop décroché pendant les vacances de Pâques. Ce n'était pas le moment. Elle aurait dû refuser de partir, mais comment faire ça à mamie ? Comment ne pas être présente pour l'annonce de Sydney ? Elle aurait pu quand même étudier avec Samuel au lieu de se laisser aller à l'euphorie de ses baisers et de ses caresses, au lieu de les lui rendre dans sa chambre adorée, sous les combles de la ferme, au lieu de ces longues promenades et de ces repas à l'infini. Elle aurait dû garder ses esprits plutôt que de céder à cet amour débile.

Mais ces « aurait dû » et « aurait pu » ne servent à rien. Même le plus grand nageur peut se noyer.

Elle est tellement déprimée que maintenant elle n'arrive plus à travailler. Elle ne se coiffe plus, elle mange trop, tout autour d'elle est gris et noir. Elle refuse de voir Samuel. Il est autonome maintenant.

Elle avait péché par excès de confiance, elle était certaine d'avoir toujours des notes excellentes, elle s'était montrée trop sûre de son intelligence, comme si cela pouvait marcher tout seul sans l'appui d'un travail acharné.

Et tout d'un coup cette question avait surgi : à quoi sert de s'acharner au travail, de résoudre ces problèmes sans fin, de passer sa jeune vie à imiter ces bêtes de somme au lieu de chanter, danser et embrasser qui elle souhaite ?

Qu'est-ce qu'elle veut dans la vie, après tout ?

Et puis elle pense à Boubeh Hannah et à Zaydeh Shlomo, à ce qu'ils ont vécu. Tout ce qu'ils demandaient à la vie était de survivre.

Elle veut les voir. Il faut qu'elle survive aussi.

On ne vit pas de joie ; on ne meurt pas de chagrin.

Dans la vie, tu te bats ou tu te barres !

Le secret de Sydney/Sydney's secret

La deuxième étoile de ce restaurant est plus que méritée, d'après les dires des convives qui ont eu le privilège de goûter aux plats préparés dans cette cuisine illustre. Pour Sydney, la rencontre avec la famille Kvell est une des plus belles de sa vie. De tout son cœur, jusque-là assez glacé, il demande publiquement en mariage cette Aimée tant aimée.

Et à son tour, Aimée, en acceptant la demande en mariage, dévoile, au grand bonheur de chaque convive, son propre secret : elle attend un bébé.

– On a mis la charrue avant les bœufs !

Annabelle n'arrête pas de dire : « Bébé ! bébé ! bébé ! » Pour elle, c'est l'extase. Elle va enfin avoir un cousin. Un cousin, c'est comme un frère, sans les inconvénients. Elle le verra quand elle le voudra et pas matin et soir comme sa banane de frère.

Pour Samuel, c'est plus compliqué. Il est soulagé

et triste que son départ coïncide avec la naissance de ce frère ou cette sœur. Il y aura dix-huit ans de différence entre eux. Son père aura une nouvelle vie, et cela sera un poids retiré des épaules de Samuel mais, en même temps, ce petit va le hanter de loin. Du coup, il se demande s'il ne ferait pas mieux de poursuivre ses études à Paris… et ainsi il ne serait pas obligé de quitter Annabelle.

– Nos liens se resserrent, lui souffle-t-il à l'oreille.

– Ils sont déjà serrés serrés !

Marguerite est radieuse. Elle aura TROIS petits-enfants. Elle est surtout heureuse que sa fille puisse connaître la joie de la maternité. Elle avait cessé d'espérer. Et puis elle et Charles seront les vrais grands-parents du même bébé !

La joie de Lulu surpasse toutes les autres. Elle sait qu'il y a des femmes qui décident de ne pas avoir d'enfants, mais sa sœur rêvait d'en avoir et elle en rêvait pour sa sœur.

Anatole crie aussi : « Bébé ! bébé ! bébé ! ». Il y aura un mariage, une naissance et beaucoup de célébrations en perspective. Le monde entier peut être une fête certains jours.

Le seul à ne pas participer pleinement à la joie collective est Léonard. Il ne sait pas pourquoi.

La confession de Bernadette/ Bernadette's confession

– Alors ? demande Annabelle.

– C'est une question ?

– Oui, tu sors, tu reviens, tu vois Fred et tu ne nous dis rien !

– Qu'est-ce que tu veux savoir ?

– Tu l'aimes ?

– J'aime sa maison, j'aime le luxe, j'aime sa générosité.

Bernadette lui montre les bijoux que Fred lui a offerts.

– J'aime connaître les meilleurs restaurants de Paris, c'est un rêve que je n'aurais jamais osé envisager.

– C'est super alors !

– Sauf que j'aime son argent plus que j'aime le bonhomme.

– Aïe !

– C'est un homme narcissique.

– Ça se traduit comment ?

– C'est lui qui décide sans me demander mon avis. Je suis une annexe à sa personne, une nouvelle employée, une pièce de sa collection. Il n'est pas capable de me rencontrer à mi-chemin. Il a toujours raison. Tu veux que je continue ?

– Mais tu t'amuses bien avec lui ?

– Il est intéressant, intelligent, stimulant, mais c'est un handicapé émotionnel. Le narcissisme est une maladie quand même, néfaste pour les gens autour. Je crois que je suis mieux seule. Je suis une Cendrillon qui découvre que le prince est un dégénéré.

– Il est mal vêtu mais il avait l'air gentil.

– Il n'est pas gentil, crois-moi ! C'est un homme sans scrupule et c'est sans doute comme ça qu'il a fait fortune. Ce qui me trouble, c'est qu'il pourrait s'acheter une femme beaucoup plus jeune et belle, alors pourquoi moi ?

– C'est peut-être pas toi qui l'intéresse mais ton caniche qui s'entend si bien avec le sien.

– Tu viens d'éclaircir le mystère !

Je viens surtout de perdre mon seul couple, pense Annabelle.

Le problème de Léonard/Léonard's problem

Léonard est, bien sûr, heureux pour sa belle-sœur. Il a beaucoup d'estime et d'affection pour elle. Sa belle-famille est aussi sympathique que possible, alors pourquoi n'est-il pas à l'aise avec eux ?

Jusqu'à récemment, la raison était l'absence de sa propre famille. La notion de « famille » est réduite dans son cas, car seuls ses parents ont survécu. Tous leurs frères et sœurs, parents, cousins, grands-parents ont été assassinés dans les camps de concentration.

Il a été élevé dans la mélancolie. Sans l'école et les camarades, il aurait sombré. Ses parents ont fait de leur mieux, mais ils étaient trop meurtris par la vie.

Et maintenant que ses parents sont de nouveau présents dans sa vie, la comparaison avec la famille de Lulu est pénible. Ils savent si bien rigoler, manger, profiter de chaque jour, ils arrivent même à dormir la nuit sans faire de cauchemars ! Ils le mettent mal à l'aise comme tous les gens qui n'ont jamais souffert, qui ne connaissent pas dans leur chair la tragédie, qui chantent à tue-tête « Noël tra-la-la-la-la-la », qui ne connaissent pas ces soupirs des tréfonds, qui ne réfléchissent pas au mal, qui ne doutent pas, qui ne se questionnent pas, qui ne sont obsédés ni par le passé ni par l'avenir, qui ont confiance en la civilisation, qui ne sont ni soupçonneux ni paranoïaques, qui ne vivent pas dans la peur, qui restent à la surface des choses, qui sont de bonne humeur du matin au soir, qui ne sont pas abîmés, déprimés, déçus, qui n'ont pas d'ulcère à l'estomac, qui ne sont pas des martyrs, qui ne se sentent pas coupables.

Et le pire, c'est que Léonard lui-même a échappé à la tradition et à la constance du malheur, alors pourquoi en vouloir à sa belle-famille ?

Léonard, assez bon vivant, sait qu'il faut s'équiper d'un cœur capable d'endurer la souffrance si on veut vivre dans ce monde.

Il a tout de suite adopté Samuel parce qu'il connaît la tristesse. Mais comment faire ce cadeau sinistre à ses propres enfants ?

La thérapie philosophique/Philosophy therapy

Bernard voit tout de suite qu'Annabelle n'est pas dans son assiette. D'abord, elle est venue seule, sans les garçons. Cette fois, il ne lui offre pas de chocolat chaud mais lui verse un peu de porto, comme à une adulte.

– Un remontant !

– J'en ai besoin. J'en ai tellement marre.

– Du lycée ? De la famille ? De Samuel ?

– Non, la famille est un soutien et Samuel est le plus adorable des garçons. J'aime mon lycée.

– De quoi alors ?

– J'en ai marre du stress ! De cet effort perpétuel. Des notes. De la compétition. Du souci de briller. De réussir. Je me demande à quoi ça sert de vivre, de travailler, de continuer.

– Tu connais le mythe de Sisyphe ?

– C'est le type qui se tue à pousser une pierre jusqu'en haut de la montagne ? Il regarde la pierre qui roule en bas et il recommence et ainsi de suite ?

– Oui, ça semble absurde. Nous ne pouvons pas éviter la question sur le sens de la vie. Et nous ne pouvons pas trouver la réponse.

– Alors pourquoi vivre ?

– Veux-tu cesser de vivre ?

– Sûrement pas ! Mais arrêter de rouler ma pierre et de travailler comme une imbécile.

Bernard cherche sur ses étagères et donne *Le Mythe de Sisyphe* d'Albert Camus à Annabelle. Il lui parle de Camus, son héros, pendant une demi-heure. Tout ce que raconte Bernard la passionne. Pourquoi les cours ne se passent-ils pas dans des salons douillets tapissés de livres ?

– La réponse de Camus à ta question est de vivre sans fuite, dans l'intégrité, en révolte et dans la défiance, en gardant toute la tension (le « stress », comme tu dis !), vivre avec une lucidité qui ne te permet pas de consolation.

– C'est gai !

– Oui, parce que Sisyphe est finalement plus fort que la pierre. Son destin lui appartient. Sa pierre est sa passion. La lutte en elle-même vers les sommets suffit à remplir son cœur. Il est heureux.

Annabelle sort de chez Bernard contente d'avoir trouvé ce compagnon, son ami Sisyphe, un semblable.

Le joli mois de mai/The merry month of May

Paris sous le soleil est plus agréable que le Paris gris, morose et mouillé. Annabelle ne peut pas s'empêcher d'être optimiste sous cette pluie de rayons de soleil.

Bien que la nourriture chez Boubeh et Zaydeh ne soit pas toujours à son goût, aujourd'hui il y a des crêpes de pommes de terre et des blinis au fromage blanc pour la fête de Chavuoth.

– Prends une autre « blintze », dit Boubeh à Anatole. Anatole obéit, tout à la joie de sa gloutonnerie.

Lulu n'a pas pu venir parce qu'elle participe à un jury de thèse. Mais Samuel adopte ce couple de grands-parents, heureux de se fondre dans la culture juive que sa propre mère n'a pas eu le temps de lui transmettre.

Comme à chaque occasion, Hannah et Shlomo expliquent la fête à leurs hôtes chéris.

– À Chavuoth, une des trois fêtes de la moisson,

Moïse a reçu la Torah au mont Sinaï. On mange des laitages parce que la Torah parle de la terre d'Israël comme étant celle où coulent le lait et le miel.

Conscients que ce n'est que le début et ne voulant pas lasser leurs auditeurs, ils font toujours court et rapide.

Léonard boit du petit-lait autour de la table retrouvée de son enfance.

Zaydeh offre à chacun une Bible avec un marque-page au début du livre de Ruth que l'on lit à Chavuoth.

– C'est long, dit Anatole en avalant la dernière blintze.

– Mais on ne lit qu'une partie chaque semaine, pas tout d'un coup.

Et Boubeh continue la distribution des cadeaux avec un livre de Sholem Aleikhem pour chacun.

– Après, vous pourrez les échanger.

Elle surestime les capacités de lecture de son petit-fils.

Annabelle tombe sur une page où elle lit : « La vie est une cloque superposée sur une tumeur avec dessus un furoncle. » C'est avec cette citation et son cher Sisyphe qu'elle entre dans la période finale de révisions pour le bac.

Aimée enceinte/Pregnant Aimée

Lulu et Annabelle admirent le ventre légèrement arrondi d'Aimée. Elles sont toutes les trois dans le cabinet du gynécologue pour regarder l'échographie. Sydney ne pouvait pas venir puisqu'il accompagnait une délégation de dignitaires gouvernementaux.

– Il est peut-être caché, mais on ne voit pas de zizi ! dit le médecin.

– Une cousine alors, s'exclame Annabelle, ravie.

– On dirait.

– Bonjour les petites robes ! dit Aimée, en extase.

– Plutôt des salopettes ! dit Lulu. OshKosh B'gosh !

– C'est quoi ?

– Une marque américaine de vêtements pour enfants ; surtout des salopettes.

– Oh, j'ai beaucoup à apprendre.

– La nutrition ! suggère le médecin. Je ne veux pas que vous grossissiez trop.

Aimée se rhabille rapidement pour fuir cette idée et déjeuner dignement avec sa sœur et sa nièce. Elle est contente de manger dans un restaurant indien avec ses buffets de hors-d'œuvre. Son poids, surtout quand il y a une raison médicale, est un sujet tabou.

Lulu, tellement plus disciplinée que sa sœur, se promet de la surveiller. Mais au restaurant Aimée prévient :

– Je commence demain ! Et elle s'en donne à cœur joie.

– Tu n'as même pas des nausées ?

– Même pas !

– Alors le mariage ?

– Le 4 juillet, après le bac, fête nationale américaine, à l'ambassade.

– Maman va être déçue que ce ne soit pas chez elle.

– Tu sais bien qu'en amour il faut faire des compromis.

– Et la naissance ?

– En France ! Sydney espère ainsi briser la malédiction de sa famille.

– Quelle malédiction ?

– Sa grand-mère est morte en accouchant de Charles. Sa mère est morte peu de temps après sa naissance. Sa femme est morte quand Samuel n'avait que quelques mois.

Annabelle est consternée. Elle connaissait l'histoire de Samuel, mais pas celle de son père et de son grand-père.

– C'est une famille à éviter ! dit Lulu.

– Je ne suis pas superstitieuse.

Lulu non plus, mais cette nouvelle lui donne des frissons. Elle ajoute un nouveau souci aux anciens.

Julie continue à harceler Samuel/ Julie keeps harassing Samuel

Julie, qui a travaillé sans relâche sur le projet de Samuel, a formé neuf couples. Chapeau ! Annabelle n'a pas été capable d'en constituer un seul, à moins de la considérer comme l'ingénieure de la rencontre Aimée/Sydney. Mais Julie persiste à vouloir former un couple avec Samuel, malgré la présence d'Annabelle, même si elle sait que Samuel lui est lié corps et âme. Les belles filles comme Julie croient à leur pouvoir de séduction.

Quand Annabelle et Samuel étudient ensemble, le portable de Samuel ne cesse de recevoir des SMS de Julie, pour rien ! Elle ne rate pas une occasion de le toucher… par inadvertance ! Elle lui apporte des cookies et des brownies cuisinés par ses soins, sachant qu'un bon brownie est une potion d'amour. Elle a toujours un brushing professionnel. Elle porte du rouge pour être sûre d'être vue. Elle lui apporte des petits cadeaux : ses cahiers de première en français, des livres du programme, une écharpe tricotée main, des chaussettes en laine douce. Samuel ne sait pas quoi faire d'autre que de la remercier et de les accepter. Il lui est surtout reconnaissant de s'être tant engagée dans son projet.

Annabelle est confiante dans la relation tranquille, riche et stable qu'elle a avec Samuel. Mais quel choc quand Julie l'aborde un matin avec un scoop :

– Alors ton Samuel est accepté à Harvard, Stanford et Yale ! Tu ne le verras plus !

C'est un couteau planté dans le cœur d'Annabelle, mais elle ne veut pas donner sa satisfaction à cette rivale. Elle savait que Samuel avait posé sa candidature dans ces prestigieuses universités américaines, elle savait qu'il était destiné à partir, ils en ont parlé en se promettant dix mails par jour et de skyper souvent, mais pourquoi diable ne lui a-t-il pas annoncé, avant cette chipie, qu'il était accepté ?

La liste de mariage/The wedding list

Dans un grand magasin, Sydney regarde l'électroménager et Aimée les robes de bébé.

– On ne peut pas demander aux invités d'apporter des couches-culottes et des grenouillères.

– Mais entre ma maison et ta maison, nous sommes archiéquipés en casseroles et vaisselle.

– On devrait demander aux gens de donner de l'argent à un organisme de charité plutôt que de nous apporter un cadeau dont on n'a pas besoin.

– Ce serait frustrer les invités qui veulent nous faire plaisir.

– Alors pas de liste, que chacun fasse avec sa fantaisie.

– Mon meilleur cadeau, c'est toi !

– Et moi pareil !

Les résultats du bac sont le 4 juillet et il y aura suffisamment de festivités à l'ambassade ce jour-là. Ils ont donc fixé la date du mariage au 11 juillet, entre les deux fêtes nationales.

Ils seront mariés à l'ambassade par le maire du Ier arrondissement et un ami américain autorisé à célébrer les mariages. Marguerite va travailler avec le chef pour préparer le repas. Ils ont invité quelques intimes et la famille, ce qui fait déjà plus de cent personnes, ainsi que les grands-parents d'Annabelle. Elle essaie de les faire sortir un peu de leur coquille.

Samuel prend bien tous ces changements : son grand-père, son père, lui-même, tous les trois happés, envoûtés par les femmes de la même famille. Comme la vie est curieuse.

Le drôle de couple d'Annabelle/ Annabelle's crazy couple

Annabelle téléphone à Fred, le clochard milliardaire, pour l'inviter à sa leçon de philo chez Bernard. Encore une fois il lui demande de venir plutôt chez lui. Elle embarque Bernard et Bibop en direction de l'île Saint-Louis. Elle ne prévient pas Samuel avec qui elle est en froid depuis sa dernière conversation avec Julie.

Bernard et Fred établissent tout de suite un dialogue complice sur l'art et la beauté. Anatole profite comme d'habitude des gâteaux. Bernard est moins impressionné par la richesse que par l'homme, un être cultivé et intelligent – bien que manifestement narcissique. Et cette fois les deux chiens s'entendent parfaitement.

Pour Annabelle, Bernard reste fidèle à sa leçon :

– La nature de la beauté est une des devinettes de

la philosophie. La beauté est-elle universelle ? Y a-t-il des critères objectifs de la beauté ? Est-ce que l'art doit être « beau » pour être considéré comme du grand art ? Quel est le rôle d'une expérience artistique dans la vie ? Est-ce que la beauté va de pair avec le bonheur ?

Bernard soulève ces questions et il s'ensuit un débat animé entre les deux hommes.

De nouveau, Annabelle s'éclipse avec Anatole pour les laisser discuter à leur aise. Tant de questions dans cette vie ! Mais la question qui la préoccupe le plus est : est-ce que ces deux hommes peuvent compter comme un couple ?

Pourquoi Annabelle le boude ?/ Why is Annabelle snubbing him?

Cela fait une semaine qu'Annabelle est aux abonnés absents. Samuel tombe toujours sur son répondeur, il ne reçoit aucune réponse à ses mails ni à ses SMS. Annabelle est toujours pressée quand il l'aborde au lycée. Il ne lui a pas dit que son père lui a donné deux billets pour *My Fair Lady* au Théâtre du Châtelet. Il sait qu'Annabelle adore les comédies musicales. Il voulait aller avec elle au restaurant après le spectacle, lui annoncer son choix d'université.

Son père est occupé par le mariage, le futur bébé. Ils sont allés avec Anatole et Léonard chez le tailleur pour commander les costumes des mariés et des témoins d'honneur. Son grand-père est monté à Paris plusieurs fois. Aimée s'occupe des robes de sa mère, de sa sœur et de sa nièce, matrones et demoiselle d'honneur. Leurs vies sont de plus en plus étroitement imbriquées. Son père veut que ce mariage se passe dans les règles strictes de l'art.

Et le bac de français est pour bientôt. Il passe son temps à relire tous les livres. Ça n'a pas vraiment d'importance puisqu'il est déjà accepté dans trois grandes universités américaines, à partir de ses scores aux SAT, mais pour faire honneur à l'enseignement d'Annabelle il aimerait avoir une note décente.

Mais comment travailler avec Annabelle qui boude ferme ?

On ne peut pas laisser une situation pourrir. Il se dirige vers le métro. Il sonne à sa porte. C'est elle qui ouvre.

– Tu viens faire quelques pas avec moi ?

Elle fait non de la tête.

– Tu veux me dire ce qui se passe ?

– Je ne veux pas en parler.

– Il le faut pourtant.

Elle sort sur le palier.

– Viens, on va boire quelque chose.

Elle le suit à contrecœur. Il a raison après tout, elle ne peut pas continuer à se morfondre ainsi.

Elle commande un café. Elle boit beaucoup de café en ce moment. Elle se shoote au café.

Lui, il commande sa boisson nationale.

– Alors ?

– À ton avis ?

– Aucune idée ! Tu sais que je n'ai que de l'affection, de la tendresse, de l'admiration, de la bienveillance et... et de l'amour pour toi.

– Pour moi ou pour Julie ?

– Julie tourne autour de moi comme une mouche que j'essaie de chasser. Mais elle revient à l'attaque et ne me lâche pas.

– Mais tu lui as dit AVANT MOI que tu as reçu des nouvelles concernant l'université !

– J'avais les lettres à la main. Elle m'a demandé ce que c'était. Je le lui ai dit. Je voulais t'en parler quand on irait voir *My Fair Lady*.

– Quel *My Fair Lady* ?

Samuel sort les billets de sa poche. Annabelle pense que ce sont les appâts pour attraper un poisson.

– Tu viendras avec moi ?

– Ça ne se refuse pas.

– Écoute, Julie n'est rien pour moi. C'est juste un concours de circonstances.

– Alors tu as choisi quelle université ?

– Grand-père et papa ont fait Harvard. Moi j'aurais voulu aller sur la côte Ouest pour changer.

– Stanford alors ?

– Oui, mais…

– Mais quoi ?

– C'est trop loin de toi.

– Tout est trop loin…

– Mais Boston est quand même moins loin et moins cher.

– Donc Harvard.

– Oui. Tu viendras ?

– Tu sais, si tout va bien, je serai en prépa, mission suicide.

– Tu viendras ?

– Je viendrai.

Lulu s'inquiète/Lulu worries

Il n'y a pas que les copies à corriger, les cours à préparer, les réunions à organiser, les doctorants à suivre, les billets d'avion à prendre pour les prochains congrès, les articles à écrire, l'organisation de la maison : Annabelle et Anatole prennent aussi beaucoup de place dans la partie de son système interne consacrée aux inquiétudes, aux soucis, aux doutes, à l'angoisse.

Bien sûr, Annabelle aura son bac, mais est-ce qu'elle aura la plus haute mention, sans quoi ce serait un drame ? Et Anatole est assez intelligent pour survivre sans travailler, mais pas pour l'éternité. L'année prochaine au lycée, est-ce que son charme, son humour et son cerveau opérationnel compenseront son manque de travail ?

Et comment Annabelle, qui certes dissimule son attachement, réagira-t-elle quand Samuel vivra si loin d'elle ? Elle regrette de l'avoir dissuadée de postuler dans des universités américaines sous prétexte que les élèves de son âge sont immatures et bien au-dessous de son niveau. Pourquoi ne pas profiter d'une jeunesse que les prépas tentent de sacrifier dans une course aux concours ? Concours pour quoi ? Elle-même est passée par là, toute à la joie d'étudier ce qu'elle aimait : la littérature. Mais est-ce qu'Annabelle a autant de passion pour les maths que Lulu pour les lettres ?

Les questions s'accumulent dans sa tête. La nouvelle folie, c'est qu'Annabelle et Anatole (et Samuel aussi), influencés par leurs grands-parents, tellement prompts désormais à s'occuper d'eux, veulent passer l'été en Israël. Léonard, si détaché de tout ça, semble conquis par cette perspective, et il est en train de chercher une formule de voyage. Ça ne fait pas plaisir à Lulu de les envoyer dans un pays où la sécurité est tous les jours perturbée par des incidents, des roquettes et des attaques. Et ces grands-parents désireux de remplir de balivernes bibliques les têtes de ses enfants confortablement laïques la gênent aussi. Elle aimerait continuer leurs visites des pays gentiment européens avec eux. Est-ce qu'elle aimerait aussi qu'ils restent SES enfants, éternellement à ses côtés ?

C'était tellement plus facile d'élever des enfants au temps de sa mère. Pour éviter les conflits, il n'y avait pas de télé. L'ordinateur n'existait pas. Les portables non plus. Comment faire la police avec ses enfants ?

Et puis il y a Aimée et la malédiction de la famille Shelbert : se met-elle à croire aux malédictions ? Elle téléphone à sa sœur deux fois par jour et la voit trois fois par semaine.

Léonard, lui, va désormais deux fois par semaine voir ses parents pour rattraper le temps perdu. Tout d'un coup, Lulu a des beaux-parents, dont elle se passerait bien. Cela dit, elle est contente pour Léonard et les enfants. Et Annabelle qui a insisté pour qu'ils soient invités au mariage ! Ils vont être comme deux poissons hors de l'eau. De toute façon, dans l'eau ou sur terre sèche, ils sont des extraterrestres.

Comment ont-ils si bien réussi leur fils ?

La tentative courageuse de Samuel/ Samuel's courageous attempt

Samuel a lu l'ensemble des livres et il s'est armé de confiance pour ce bac de français. Annabelle l'a accompagné en lui disant :

– Fais bien attention à tes fautes habituelles. Relis ta copie avant de la rendre. Concentre-toi !

On dirait une vieille prof, vieille fille, vieille tout court.

Tout ça s'est traduit dans la tête de Samuel par un « Just do it ! », le slogan qu'une grande marque sportive lui a volé. Ils ne seront pas si pointilleux pour quelques petites fautes d'orthographe, de syntaxe, de grammaire. Ils vont voir combien il brave la barrière de langue. Ils vont comprendre combien il a du mérite, de l'endurance et des qualités.

Samuel est sur un petit nuage, il écrit un pavé, son stylo s'envole, il sait tout, il a des idées, il est maître de la littérature française. Il chevauche des pages et des pages au galop. En fait, les pages s'écrivent toutes seules. Tant pis s'il y a 3 974 fautes par page ! Il a toujours adoré les examens, un moment où tout ce que l'on a étudié se met en place, se condense, se cristallise et s'évacue. Il est à 100 % dans le sujet, il y va, comme un tueur à sa façon.

Il est toujours en train d'écrire quand un surveillant vient se saisir de sa copie. Bon, il en a assez dit ! Mais il a complètement ignoré les deux tiers des conseils d'Annabelle.

Ça va aller !

L'exploit d'Anatole/Anatole's exploit

Anatole a écrit une lettre à Dounia pour lui proposer une rencontre au café américain situé dans leur quartier, là où les fauteuils confortables vous accueillent les bras ouverts. Il voulait lui parler d'un sujet important. Dounia arrive en même temps que lui.

Il a puisé dans sa cagnotte d'anniversaire, sachant que sa famille à elle n'a pas beaucoup d'argent.

– Veux-tu essayer le cheese-cake ? C'est délicieux.

Dounia a l'air gênée.

– C'est moi qui te l'offre. J'ai reçu une belle enveloppe comme cadeau d'anniversaire, de mes grands-parents qui rattrapent le temps perdu.

– Oui, Bilgi m'a raconté votre histoire.

– Il ne m'a pas parlé des tiens.

– Ils sont en Turquie. On les voit tous les trois ans.

– Alors, le cheesecake ?

– Je préfère goûter le tien si tu es d'accord. Il y a des gens qui n'aiment pas partager.

– Oui, pas de problème, je demande deux cuillères. Et tu bois quoi ?

– De l'eau.

– Tu ne veux pas plutôt un milk-shake ?

– D'accord. C'est gentil.

– C'est normal, tu me nourris depuis le début du collège.

Quand Anatole revient avec le plateau, Dounia goûte le cheese-cake.

– Il est vraiment bon. Le milk-shake aussi.

– Rien n'est aussi bon que tes gâteaux à toi !

Dounia rougit.

– De quel « sujet important » voulais-tu me parler ? Tu m'as un peu inquiétée. Est-ce que c'est au sujet de Bilgi ?

– Non, pas du tout. Excuse-moi si je t'ai inquiétée.

– Alors quoi ?

Anatole a oublié cette histoire de « sujet important ». Il ne sait plus quoi dire, alors il y va :

– Je voudrais me marier avec toi.

Dounia s'étouffe à moitié avec son milk-shake.

– Demain ou la semaine prochaine ?

– Dans exactement dix ans.

– Pourquoi attendre si longtemps ? demande en riant Dounia.

– Parce que nous serons mûrs.

– Chez nous, en Turquie, certaines personnes se marient à 13 ans. Tu es déjà un vieux de 15 ans.

– Ici en France, on aura du mal. Je pense que ce n'est pas légal.

– Et pourquoi veux-tu te marier avec moi ?

– Tu fais les meilleures cornes de gazelle au monde, dit Anatole dans un cri du cœur.

– C'est ma voisine qui est originaire du Maroc qui m'a appris à les faire. Tu devrais te marier avec elle.

– Ce n'est pas tout.

– Ça me rassure !

– J'aime ton sérieux et ta légèreté. Tu es appliquée et grave mais cela ne t'empêche pas de rigoler et de me faire rire. Tu n'es pas paresseuse. Tu travailles pour ta famille et pour l'école. Tu n'es pas une fille gâtée, mais tu es une princesse. Et tu es très belle.

– Eh bien…

– Est-ce que tu penses pouvoir t'adapter à moi ?

– Je t'aime bien, tu sais. Je suis toujours contente de te voir. Tu es meilleur en maths que moi. Je ne sais pas si c'est une raison suffisante pour se marier…

– Est-ce que tu accepteras de venir avec moi à la

fête des couples du projet « Fleur tardive » qu'organise Julie ?

– Mais nous, on n'est pas des fleurs tardives, on n'est que des bourgeons.

– Peu importe, tu viens ?

– C'est quand ?

– Dimanche après-midi.

– Je demanderai à mes parents.

Anatole se penche et l'embrasse.

Avant qu'elle ne demande la permission à ses parents.

Une fête AVANT le bac !/
A party BEFORE the bac!

Annabelle ne comprend pas comment cette peste de Julie peut être aussi insouciante. Et cet imbécile de Samuel qui la suit dans le moindre de ses caprices ! Elle est furieuse mais elle ne peut pas ne pas aller à cette fête. Julie a un oncle journaliste qui veut faire un reportage sur le projet. Tous les couples sont invités, y compris Fred et Bernard. Bernadette, elle aussi, veut venir pour exposer son point de vue qui se résume à : mieux vaut être seule que mal accompagnée.

Annabelle ne s'attendait pas à voir Dounia accompagner sa banane de petit frère… et main dans la main ! Naturellement, Anatole abandonne cette main pour se ruer sur le buffet de gâteaux. L'amour, c'est bien, mais c'est mieux avec des tartes aux fraises.

La vingtaine de couples (et demi) est réunie,

souriante dans le vaste salon de Julie. L'oncle filme des interviews deux par deux sous la surveillance de Samuel, puisque le projet est son bébé. Annabelle parle avec Bernard et Fred, qui s'est habillé pire que jamais pour l'occasion.

– Je savais, quand je t'ai vue dans le jardin, que tu allais changer ma vie, dit Fred. J'ai trouvé un interlocuteur à mon niveau.

– Interlocuteur mon œil, tu ne laisses parler personne. Tu aimes le son de ta propre voix, dit Bernard sans amertume, plutôt avec malice.

Annabelle parle un moment avec la mère de Julie de l'après-bac.

– Elle n'est pas disciplinée comme toi, elle ira où on l'accepte. Tu comprends, ma fille est un être très sociable.

Annabelle se demande s'il s'agit d'un reproche déguisé. Ne l'est-elle pas, sociable ? Elle a toujours eu une vie sociale en parallèle du travail scolaire. Mais juste avant le bac ? Il y a des moments dans la vie où il faut mettre le paquet et tout donner, non ?

– Et quel était votre rôle dans ce projet ? demande l'oncle accompagné de son équipe de cameramen.

– Très modeste, dit Annabelle.

– C'est ma muse, corrige Samuel. C'est grâce à

elle que je parle français. Ce sera grâce à elle si j'ai mon bac. Et c'est grâce à elle que je suis amoureux.

– Vous êtes un couple alors ?

Samuel passe son bras autour des épaules d'Annabelle :

– Plutôt précoce que tardif.

Il raconte comment l'idée du projet lui est venue, comment Annabelle était sceptique à cause du peu de temps disponible avant le bac, mais qu'il ne compte pas arrêter de vivre à cause du dieu bac. Et qu'il espère réaliser des projets et des rêves tout au long de sa vie, où qu'il soit, pourvu que ce soit au côté d'Annabelle.

Julie entend ces mots. C'est une battante. Elle doit trouver le chemin vers son cœur, même s'il faut, d'une façon ou d'une autre, tuer Annabelle.

Léonard passe le bac/
Léonard takes the bac exams

Le premier jour où il accompagne Annabelle au centre d'examens, Léonard arrête de respirer. Son estomac est noué, son cerveau bloqué, son cœur détraqué. Il a le trac bien que sa fille ait toujours été un crac. Trac, crac, bac !

Il se souvient de son bac. Ses parents n'avaient pas conscience de l'enjeu, ils ne savaient pas de quoi il s'agissait, ils ont juste dit « bonne chance » quand il est parti, après l'avoir obligé à manger quelque chose. Pour eux, manger était la solution magique à tout. « Ça te donne de la force. » Leurs propres études furent interrompues par la guerre. Leur vie n'a pas été faite de passion, d'épanouissement, de plaisir ou de joie.

Ils l'ont quand même beaucoup poussé à se conformer à l'image de l'élève idéal, celui qui s'intégrerait dans la société française. Ils étaient fiers de ses bonnes notes et de ses succès. Ils ne pourraient pas comprendre le parcours d'Annabelle. Il ne leur a même pas dit qu'elle était prise en classe préparatoire au lycée Louis-le-Grand.

Aujourd'hui, il s'agit de la pire épreuve pour Annabelle : la philosophie. Léonard se rend compte qu'il a reçu en héritage le mot de passe de ses parents : « survivre ». Est-ce qu'elle va survivre ? Survivre, pour Annabelle, ne veut pas dire être reçue de justesse. Survivre, c'est briller, exceller, transcender.

Léonard se dirige vers le bureau avec un quart d'esprit, ou un huitième. Le reste accompagne Annabelle. Il lui a dit de choisir le sujet qui l'interpelle le moins pour être froidement efficace.

Il n'a qu'à attendre. Il lui a demandé de lui passer un coup de fil en sortant. Il attend en vain.

Ça ne peut que vouloir dire que ça va mal.

La philosophie de Samuel/Samuel's philosophy

Samuel voit à la mine d'Annabelle que l'épreuve de philosophie s'est mal passée, alors que lui, il a conduit son camion à écrire sur une autoroute sans bouchons, carburé à bloc, sans le moindre bruit de moteur.

– Quel sujet tu as pris ? lui demande-t-il.

– Le commentaire.

– Moi aussi !

– Mais j'ai à peine fait la moitié car je n'ai pas eu le temps de tout recopier.

– Tu es pourtant rapide.

– Pourquoi exige-t-on de nous la vitesse ?

– Peut-être parce que la vie passe vite ?

– Est-ce que cette année est vite passée pour toi ?

– Trop trop vite ! Comme un éclair, comme une étoile filante, comme le feu Concorde. Et je te garantis que cette semaine va vite finir aussi.

– Samuel, bac ou pas, tu es le plus beau cadeau de ma vie, déjà si bien remplie de beaux cadeaux !

– Annabelle, entre le bac avec mention très bien et toi, je choisis toi !

– Là, tu vas trop loin !

Comment aider une âme en peine ?/ How to help a sorry soul?

Anatole a bien remarqué les yeux rouges de sa sœur, mais il n'ose pas aller la voir et lui poser une question innocente comme : « Comment ça s'est passé ? »

Son brevet des collèges n'émeut strictement personne. Annabelle mobilise toutes les attentions et les émotions de cette famille. Et tant mieux. Il n'a pas besoin des projecteurs sur lui.

Les larmes d'Annabelle après tout ce travail. Il aimerait la consoler, lui dire que ça ne fait rien, la vie continue, le bac ne dépend pas d'une bonne note en philo. Le bac, le bac, le bac, un mot qu'on leur matraque depuis la maternelle ! La vie ne se résume pas à un couac au bac.

Il descend acheter des viennoiseries et lui prépare une infusion. Il a dû, sans le savoir, hériter cette méthode de ses grands-parents, maternels et paternels :

chaque chagrin a sa solution. Quand le désespoir pénètre ton âme, quand tu as un problème, quand tu es triste, et même quand tu es gai : mange !

Lulu aide sa fille/Lulu helps her daughter

– Quelle malchance qu'elle ait commencé la semaine par sa matière la plus faible, dit Lulu à Léonard.

– Elle semble déprimée.

– Mais on va la remonter et passer à autre chose.

Lulu prépare un bon couscous. Pour elle aussi, la nourriture est un remède. Elle raconte à Annabelle ses déboires pendant son bac obtenu de justesse. Malgré cela, Lulu a fait une carrière époustouflante. Elle fait parler Annabelle et reconnaît qu'il s'agit d'une semaine difficile.

Lulu suspend ses activités pour être tout à fait présente pour ses enfants. Elle fait tous les jours un de leurs plats préférés. Elle invite Aimée qui vient sans Sydney, occupé par ses engagements. Aimée réussit à détourner l'attention de tous sur le bébé. Et Annabelle craque pour ce petit être, avant même qu'il ne soit né. Lulu invite même ses beaux-parents bizarres car elle sait qu'Annabelle aime les voir.

Elle parle de l'amour inconditionnel.

– Si tu dois redoubler, nous t'aimerons autant.

– Si je dois redoubler, je me flingue !

Heureusement, les épreuves suivantes se passent bien. Elle connaît parfaitement le sujet d'histoire, et puis elle sort des maths et de la physique pleinement confiante.

Mais Annabelle trouve que cette nouvelle fête organisée chez Julie est trop précipitée. Elle fêtera (ou pleurera) seulement quand les résultats seront affichés.

Elle dit à Samuel d'y aller sans elle.

Annabelle fait vaguement du shopping avec une meute de copines. Elle lit quelques livres drôles de Sophie Kinsella. Elle va au cinéma avec Samuel.

Léonard a trouvé un voyage en Israël organisé par un mouvement de jeunesse, mais Sydney a trouvé mieux, un stage pour Samuel auprès de l'ambassade américaine à Tel-Aviv. Les trois amis, pour rester ensemble, optent pour le voyage de groupe. Ils s'inscrivent de justesse pour quinze jours en juillet. Lulu n'est pas rassurée. Les grands-parents décident d'offrir le voyage à Anatole et à Annabelle, émus par leur désir de découvrir leurs racines.

Pendant que les profs corrigent les épreuves, le trio reprend des forces dans le Sud-Ouest auprès de Marguerite. Charles est absent : il s'occupe de ses affaires aux États-Unis. Il prépare aussi la maison familiale pour la visite des Kvell en août, avant que Samuel ne parte à l'université.

Annabelle aime remplir sa vie de voyages et d'activités, d'allées et venues, de livres, de films, de gens. Elle reprend son tablier et aide Marguerite partout où on a besoin d'elle, surtout dans la salle où les riches clients lui font de grands sourires satisfaits. Elle aime surtout les baisers de Samuel.

– Tu sais, j'étais payée pour t'aimer ! Est-ce que ça fait de moi une prostituée ?

– Tu es licenciée ! Maintenant tu peux m'aimer gratuitement.

Anatole occupe ses journées à envoyer des SMS à Dounia, mais il adore aussi éplucher, couper et apprendre à faire la cuisine. Mais pas autant qu'il aime la manger ! Les desserts sont fabuleux, mais rien ne peut égaler les cornes de gazelle.

Ils rentrent à Paris la veille des résultats.

Bac ou mourir !/Diploma or die!

Annabelle a mal dormi et se réveille avec l'impression de se noyer et en même temps de s'envoler. Ce jour peut sonner comme un triomphe ou un naufrage. Il y a eu tant de travail, d'efforts, d'ambition, de rêve, pour atteindre l'excellence absolue. Elle sait qu'elle ne pourrait pas se satisfaire de moins. Elle est inquiète pour elle-même mais aussi pour le pauvre Samuel. Il s'attend à quoi avec son français carencé ?

Ils se sont donné rendez-vous devant le lycée. La cour bouillonne déjà des cris ou des larmes des candidats. Annabelle réfrène son désir de foncer dans la foule pour accéder à la liste affichée. Si elle attend, la liste sera sur Internet, mais elle a envie de vivre ce moment « en live », selon la tradition.

Son groupe d'amis se joint à elle. Ils ont tous à la fois peur et hâte de savoir.

Julie est déjà devant le panneau, avec un grand sourire hypocrite affiché en direction de Samuel :

– Tu l'as ! crie-t-elle à travers les têtes amassées.

– Et Annabelle ? hurle-t-il.

– Aussi.

Ce n'est pas une nouvelle pour Annabelle. Mais le vrai scoop est que Samuel a son bac. Elle saute avec lui de joie comme s'il y avait un trampoline sous leurs pieds. Ils attendront leur tour pour vérifier les mentions.

Annabelle ne respire pas tout à fait encore.

Aimée cuisine/Aimée cooks

Aimée a déménagé chez Sydney. La plupart du temps, elle a trop la nausée pour mettre un pied dans la cuisine, mais aujourd'hui elle fait un cassoulet en l'honneur de la réussite des deux bacheliers et aussi pour Anatole qui a surpris tout le monde avec sa mention très bien au brevet.

Samuel essaie de ravaler son amour-propre : 10 au bac de français entre l'écrit et l'oral. Il a eu 14 à l'oral ! Le reste de ses notes ne lui donnait pas droit à une mention. Annabelle, son père, tout le monde lui dit que c'est au-delà de leurs espérances, une prouesse.

– Le bac en un an sans connaître un mot de français auparavant ! lui dit Annabelle.

– Tu peux parler, répond Samuel, avec ta mention très bien, avec tes 20 sur 20 ou tes 19 sur 20 !

– Je n'ai eu que 10 en philo…

– C’est parce que tu n’as fait que la moitié.

– À table ! crie Aimée. Ces conneries de notes, c’est fini. Maintenant vous allez vers la vraie vie !

– Pas moi ! pleurniche Anatole.

– Ça viendra.

– Et c’est quoi, la vraie vie ?

Aimée regarde Sydney et pose sa main sur son ventre.

Comment tomber amoureux sans tomber ?/ How to fall in love without falling?

Jamais un été n'a contenu autant de jubilation. Leur voyage en Israël, le séjour chez les Shelbert à Cape Cod, chaque minute de chaque jour a été une révélation, une surprise, une caresse.

De Tel-Aviv, de Jérusalem, de Haïfa, ils ont écrit des cartes postales : « Notre peuple vit encore ! »

Mais le jour du retour à Paris, Annabelle sent son cœur qui se déchire, qui explose, qui tombe dans un gouffre.

Ils ont accompagné Samuel dans sa petite chambre à Harvard. Samuel a autant de larmes qu'Annabelle.

– Pourquoi dit-on « tomber amoureux » ? demande Annabelle. Nous ne sommes pas tombés, nous sommes installés. Ne peut-on pas être amoureux sans « tomber » ?

– On est « installés » jusqu'au moment où un océan nous sépare.

– L'océan ne nous sépare pas. Tu es toujours installé dans la maison de mon cœur.

– Mais je ne pourrai pas te toucher, te voir en chair et en os, visiter Paris avec toi tous les week-ends. Tu vas me manquer, ô combien !

– Et ta réponse à ma question ?

– C'est non ! Je tombe, tu tombes, nous tombons amoureux. C'est bien trouvé ! Il n'y a pas d'amour sans tomber ! Sans planer ! Et c'est tant mieux ! Je pense que nous allons ressentir la chute très fort dans les semaines qui viennent.

– Ne t'en fais pas ! On se relèvera !

Cet ouvrage a été achevé d'imprimer
sur Roto-Page
par l'Imprimerie Floch à Mayenne
en février 2014

N° d'impression : 86269
Imprimé en France